新井一二三
Hayashi Hifumi

午後四時的啤酒

來自生活的靈感　　　新井一二三

記得多年前看過鄭念寫的《上海生與死》（Life and Death in Shanghai），乃闊家千金在社會主義中國飽嚐苦頭的真實經歷。

她在民國五年於北京出生，二十歲時候留學到倫敦經濟學院，後來嫁給了中國駐澳洲外交官。共產黨掌權後，夫妻回上海為英國石油公司做事。一九六六年，文化大革命爆發，她馬上以英國間諜的嫌疑被捕，一關就是六年半。

那是英文平裝本長達六百六十一頁的特厚一本書，因為實在很好看，我竟花兩天兩夜一口氣就看完了。

印象最深刻的是作者的個性。

她被捕當晚，平生第一次在滿處灰塵的監獄裡，睡覺以前先把口袋裡的面紙拿出來，一張一張地貼在床邊牆壁上。即使在牢中，鄭念要盡量把自己的居住環境弄乾淨、舒服；因為從小在優越的條件下長大，她熟知人的自尊心是以生活中的細節為支柱的。

直到被捕那一天，鄭念都住在大洋房，身邊始終有好幾個傭人，恐怕女主人從來沒有親自收拾過房間。然而，一到緊急時刻，她就自然地發揮能力起來，通過小小的動作去改造悲慘的現實，將破監獄化成小公主的樸素宿舍。

那場面給我的啓發非常大。

比利時的諾貝爾獎得主，劇作家梅特林克在《藍鳥》裡暗示：幸福就在我們身邊，默默地等待被發現。

看過《上海生與死》以後，我對日常生活的態度跟從前不一樣了。人之幸福、生命之充實，並不取決於物質環境的優劣，而取決於個人的自尊心和對生活細節的關口。

當然，鄭念之能夠那麼自重，大概是一貫都過得很富裕的緣故。但是，一下子抓到了大筆錢的暴發戶往往凡事粗糙，缺乏細膩的感受性以及對事物的品味。那麼，我們究竟該追求甚麼？是錢？還是品味？

我認為：自尊心才是修養的最終目的；品味則表現在日常生活上。

這本書收錄的文章，都反映我這些年來的具體生活。

從戀愛、結婚、懷孕、到照顧小孩，由我看來，全是一場又一場，現實生活中不停地演出的戲劇。寫劇本、演技、導演、設計舞台，每一環節都得發揮創造性。花半輩子培養出來的價值觀念和美感，終於能夠體現在人生舞台上了。多麼有意思！

一個人生活也好，兩個人生活也好，一家人生活也好，主要看你怎樣生活。只要是認真、細心地過日子，生活始終會充滿著驚喜，永遠是創造靈感的來源。

有自尊心的人，一定有充實的生活。金錢和物質都不可能衡量幸福。當你雙眼認定了天空或大海的顏色時，那裡就有藍鳥了。

contents

幸福的定義

「我長期思考幸福是什麼意思。現在清楚地知道了，
幸福就是跟心愛的人在一起慢慢品嚐美味而彼此說多麼好吃。」

第一次見面那天，他就問了我兩件事情。

「你最愛吃甚麼東西？」

「你對幸福的定義是甚麼？」

我覺得這小伙子有點奇怪。

但是，他樣子屬於我喜歡的類型。

經思考，我認真回答說：「我最愛吃豆。毛豆、黃豆、花生米、玉米、杏仁、腰果，樣樣都很喜歡吃。」

第二個問題則比較難回答了，我考慮一陣後才說出：「世界上有幾個知心的好朋友，會覺得很幸福。雖然不經常見面，但是偶爾通信、通電話，心裡就很暖和。」

當我回答第一個問題時，他點著頭微笑，看來相當滿意的樣子。可是，聽著我對幸福的定義，明顯不高興起來，說：「你以為遠處有朋友就幸福？有沒有搞錯？」

「那麼，你自己呢？最愛吃甚麼？對幸福的定義又如何？」我反問。

「我……最愛吃肉。至於幸福的定義，暫且說還在研究中吧。」

我在加拿大、香港生活了好幾年，身邊很多朋友吃素不吃肉，習慣於那種文化以後，見到一個人公開說愛吃肉，覺得特別新鮮，雖然有野蠻之嫌。

實際上，我自己都滿喜歡吃肉的。尤其對玫瑰色半熟羊排可以說情有獨鍾。但是，曾有兩次，跟男性朋友出去吃晚飯，在菜單上發現羊排恨不得吃，人家卻婉言表示抗議，結果稍微鬧了彆扭。

·不同菜肴就沒有感情發展

記得第一次是在銅鑼灣的香港遊艇會。看著黃昏海景跟金髮美國律師共餐，本來會是浪漫的場合，然而打開菜單的剎那，彼此口味之分歧太明顯了；我堅持要吃羊排，對方要吃蔬菜咖哩。只能說老天爺不作美，連話都不多了，匆匆吃完之後，各回各家去了。

第二次則在蘭桂坊的義大利餐廳。坐在對面的上海文化人樣子很瀟灑，但是對我提到的羊排還是沒有興趣，若無其事地說：「我要義大利式生魚片。」從禮節的角度來說，也許我應該做妥協，更換自己的選擇才對。然而對於玫瑰色的半熟羊排，我實在太愛吃了，連一次機會也不想錯過。

通過兩次失敗，我深刻體會到：一對男女吃西餐，雖然可以點不同的菜肴，可是如果兩人想吃的東西太不相稱的話，感情發展的機會幾乎等於零。

於是被剛認識的日本小伙子問到最愛吃甚麼東西之際，我沒有老實回答說羊排卻說豆，算是從經驗學來的防禦動作。誰料到，人家竟然說最愛吃肉。我刮目相看了。

·和我去世界各地吃肉吧！

後來開始跟他約會，我最吃驚的是，無論在甚麼餐廳坐下來打開菜單，兩人要點的東西總是完全一致。

若在澳門離島的海邊食堂，彼此說：「飲料要喝冰涼的葡萄牙產綠色葡萄酒。菜肴呢，先來炸沙丁魚和辣香腸，然後吃咖哩螃蟹和蒜頭麵包。這樣就好了吧？」如果吃喝得特開心，想加菜的話，再打開菜單，兩人同時說：「紅酒燉牛尾。」彼此點頭微笑，場面特別和藹，從來不會鬧彆扭。男女之間對不對勁兒，好像跟胃口直接有關係。

　　當我們訂婚時，他問我：「要不要跟我去世界很多地方吃各種各樣的肉？」對他來說，肉代表美味。

　　正逢春天，我們在東京他公寓，一起吃了來自富山灣的螢烏賊刺身。這種烏賊非常小，全長才三公分左右，全身透明，聽說晚上在海裡跟螢火蟲一樣發光，因而有螢烏賊之名。把整個的生烏賊蘸了點醬油和山葵後放進嘴裡去，非常嫩而幾乎感覺不到有骨頭，稍甜稍鹹的黏液纏住舌頭的快感特別強烈。跟冰涼的清酒一起吞下，則百分之一百地感覺到生活在日本的幸福。

　　我在海外待了十二年，很長時間少有機會吃新鮮

的海產，何況是日本土特產，於是加倍覺得幸福。把一隻接一隻的螢烏賊放進嘴裡去，閉著眼睛慢慢咀嚼。

「你怎麼閉著眼睛吃東西？」他在旁邊問。

「這樣子集中精神去慢慢品味，才嚐出滋味來。」我回答道。

後來，每到春天，我一定想起那次吃的螢烏賊。可以說，我是為了牠而放棄了海外浪子生活，回到故鄉東京定居的。

春天在魚店門前擺出一大堆發亮的螢烏賊，讓我意識到：跟他一起的生活又進入了新的一年。正如五月的鰹魚、八月的海鰻、九月的秋刀魚、十月的鮭魚子、十一月的牡蠣、十二月的鱈魚、元旦的鯡魚子。跟餐間牆上貼的掛曆一般，應時海鮮標誌著島國的季節。

・愛情的力量

他當初賣關子沒告訴我自己對幸福之定義；訂婚

後不久，有一天吃晚飯時，卻無人過問由自己講起來：「我長期思考幸福是甚麼意思。現在清楚地知道了，幸福就是跟心愛的人在一起慢慢品嚐美味而彼此說多麼好吃。」從此以後，這就成了我們倆對幸福的正式定義。

「跟心愛的人在一起」、「慢慢品嚐」、「美味」而「彼此說多麼好吃」，四個條件全滿足，而且每天三頓飯一定滿足，身體力行起來並非件容易的事情。何況，一開始，我們倆都不會做菜。

我們結婚得比較晚，直到三十五歲，彼此都過著自由自在的單身生活。一個人賺錢一個人花的日子裡，到世界各地的著名餐廳、流行食肆吃飯的機會可不少。尤其他長期為了美食家雜誌撰文，關於食物的知識相當豐富，連對最高級的黑魚子都很熟悉。然而，自己做菜的經驗卻少得可憐。

說實在，跟他結婚，我最擔心的就是自己不會做菜。曾經專心讀書、工作的年代，總覺得料理家務不好玩，從來沒有認真學過。所以，像燒蛋捲、烤魚、

炸天婦羅、泡鹹菜等日本料理的基本動作，我都一律不會，需要一點一點練習。唯一的優勢是在海外吃過各地的風味，看著原文書做起來，結果會相當地道。英國式烤牛肉、烤羊排或者腰果雞丁、魚香肉絲，都是在日本很少吃到的菜式，由他看來特別新鮮。

在國外，我認識的文化界男性多數會做菜。北京作家炒的芹菜肉絲、法國畫家弄的奶油義大利麵、加拿大攝影師燉的牛骨髓、德國卡通作家烤的蘋果排，都彷彿他們的個性，於是印象加倍深刻。我希望自己的丈夫也是一個會做菜的男人。何況，我父親原先當過壽司廚師，在家都經常給孩子們吃親手做的美味。因而，結婚以前，我特地寫一封信，請求他也學會烹調技術。

愛情的力量實在偉大，他舉雙手贊成，馬上到新宿的百貨公司去買了一套廚具以及幾本書籍。一把菜刀、一把肉刀、一把切魚用的柳葉刀和大中小三個平鍋和大中小三個笊籬，全是東京老字號商店木屋的產品，花費應該不小。他每天打開書自己練習，不久就

學會了把整條魚切成刺身的方法。之後，他拿手菜增加的速度，一點不亞於我這個新娘。

有一天，我在他公寓的櫃子裡發現了一盒又一盒原封不動的西式盤碟和咖啡杯，均爲白底上印了深藍色條文的歐洲名牌，還有水晶玻璃做的葡萄酒杯和香檳酒杯各六個。他說是早幾年買的，準備搬進了新居後就拿出來用。至於餐桌，他都已經調查好要買英國一九二〇年代的古董。看來，這個人對飲食生活真有滿高而具體的理想；不僅不惜花費，而且不惜力。

·挑戰的到來

我們剛結婚，還沒有孩子的日子裡，每天一起床，他就到廚房泡咖啡去，我則到洗澡間淋浴。邊喝新鮮的咖啡，邊吹乾頭髮時，從廚房傳來他準備早餐的聲音和香味，我覺得自己是全日本最幸運的新婚妻子。

上午的工作完畢以後，午餐由我準備；下午到了五點鐘，一起出去散步，順便逛市場決定晚上要吃甚

麼東西，回家後一起站在廚房裡並肩燒飯弄菜。英國古董食桌上，擺出在翡冷翠度蜜月時買的燭台，用歐洲製膳具和水晶玻璃葡萄酒杯，我們倆面對面地就餐，感覺實在美滿至極。

幸福意味著「跟心愛的人在一起」、「慢慢品嚐」、「美味」而「彼此說多麼好吃」。按照這定義，我們剛結婚的第一年，真是非常幸福。兩人都在家裡寫作，每天從早到晚都在一起，連夜的燭光晚餐充滿著浪漫的情調和五官的快樂。

只是，當時我們還不知道，新婚生活是人生中的例外而不是常規。誰料到，僅僅十個月以後，第一個孩子就要出生；如何創造幸福的生活，真正的挑戰是這個時候才開始的。

蜜月之味

總之，人生難得幾回醉，不歡更何待？
　　　　人的一輩子沒有很多次機會瘋狂地浪費，
那麼乘機買個高價的癡情證據也好吧。

每次見到快要結婚的年輕人，我和老公都齊聲勸告說：「第一，非得買鑽石戒指不可。第二，非得去蜜月旅行不可。」因為買鑽石戒指和去蜜月旅行，都一輩子只有一次機會，錯過了寶貴的場合，怎樣後悔都來不及的。

　　你以為其他時候也可以買鑽石戒指？

　　當然，沒有法律阻止，大概也沒有人反對。但是，腦袋清醒的時候，誰願意以一萬美金換取一塊石頭，雖然它比其他石頭漂亮一些？冷靜、理性的人，即使有閒錢，特想買戒指，都一定會選擇買十個一千美金的。你說是不是？那樣子才合邏輯。只有被熱愛燒壞了腦袋的傻瓜偏偏要買鑽石戒指，因為跟深紅色玫瑰花束一樣，它是公認的愛情象徵。也就是說，鑽石戒指之所以寶貴，是它代表癡情的緣故。

・小伙子的癡情

剛訂婚時候，我們腦袋還比較清醒，打算去TIFFANY買個白金戒指，才幾百塊美金而已。但是，婆婆聽到以後，決然反對，向自己的兒子宣告：「你應該給她買顆鑽石，如果你不買，則我去買。」

原來，三十多年以前，她嫁給公公時，日本社會還相當貧窮，像西方般男人給未婚妻送訂婚鑽石戒指的習慣還沒有普及。後來，國家慢慢富起來，年輕一輩的日本女人，一訂婚就炫耀指頭上發光的鑽石了。婆婆看著很羨慕，然而公公是老一輩的日本男人，想不到給妻子贈送戒指，何況是「相當於三個月薪水」的高價鑽石。

「鑽石訂婚戒指應該買價錢相當於新郎三個月薪水的」這一公式，如今在日本非常流行。我估計當初是某家珠寶店的老闆瞎編說的。儘管完全沒有根據，生性乖乖的日本小伙子們還是個個都按照這公式計算價錢而去買晶瑩閃光的愛情信物了。

婆婆做了好多年的職業婦女，有自己的收入和存款，輕鬆買得起任何戒指，即使是「相當於新郎三個

月薪水」的。於是，進入了中年以後，有一天她自己掏腰包去買了鑽石戒指。聽說日本新娘們收到的鑽石平均只有一克拉大，她特意買了一‧五克拉的。

實現了多年來的夢，她覺得高興嗎？沒有。她發現，原來，鑽石戒指是當自己做個未婚妻的時候被未婚夫送才會有意義的。也就是說，它價值在於小伙子的癡情，而不是在價錢，也不是在晶瑩閃光的透明石頭本身。

我很幸運，有了人生經驗如此豐富的婆婆。除非她那時候決然命令自己的兒子花盡存款去買，恐怕我都得不到鑽石訂婚戒指，多年後跟她一樣自己去買而感到掃興都說不定了。

我們勸告年少朋友們一定買鑽石戒指，原因就在這兒。總之，人生難得幾回醉，不歡更何待？人的一輩子沒有很多次機會瘋狂地浪費，那麼乘機買個高價的癡情證據也好吧。

‧簡直像做夢一般

蜜月旅行也一樣難得。

婚前旅行去多少次都行，但是剛剛辦完婚禮，脫下婚紗就手拉手搭飛機出發的蜜月旅行，一輩子只能有這麼一次的。

推到暑假再去？不行，不行；說不定已經有喜了。生下了孩子再說？不行，不行；帶小朋友去長途旅行是非常不方便的。而且，帶小孩子一起去，已經不能算度蜜月，而是家族旅行了。所以，你得還是匆匆去。

我們是辦完婚禮，脫下婚紗，坐第二天早上的飛機，到義大利翡冷翠度蜜月去的。

之前，我們都去過歐洲很多次，但是這一次的印象就是不一樣。首先，航空公司特意給我們準備好門口附近的兩人座，旁邊沒有別人，而且伙食也是事先訂好的蜜月套餐。這種安排好加強浪漫的氣氛。在義大利，見到誰都說：「我們是來度蜜月的。」而受到祝福。向整個世界公開炫耀自己的幸福，是新婚兩口子的特權吧。

翡冷翠是小規模城市，兩人手拉手走路就可以到市內大部分地方。巴士、火車等公共交通很發達，去鄰近小鎮如比薩、錫耶納一日遊也方便極了。

義大利也是眾所周知的美食家天堂。我們在那邊待的一個星期裡，總共吃了差不多二十頓飯，沒有一頓是令人失望的。有幾次，吃了第一口，我們就相視而愣說不出話來，是實在太好吃的緣故。

真的吃甚麼都特別適口，簡直是做夢一般。最後在飛機場的自助餐廳，我們還盡量把多種菜肴從櫃台拿下來放在盤子上，也沒有忘記取一人一小瓶紅酒，竟使收款處小姐立著大拇指說：「行！」

· 最難忘的蜜月回憶

回到東京，日常生活中有了幾樣義大利紀念品。在超級市場買的桌布和餐巾，稍暗的綠色特別漂亮，很有歐洲味道，加上不需要熨平，非常好用。紅色塑膠做的乳酪粉碎器，不僅性能很好而且設計美麗。在教會廣場買的仿古燭台，特會造成浪漫氣氛。

　　兩人之間，常常交換翡冷翠蜜月的回憶。最難忘記的還是義大利菜和紅酒。

　　托斯卡納省產的 CHIANTI 紅酒，在東京也容易買到。但是地道的義大利菜，則很少有餐廳供應的。於是翻翻在翡冷翠書店買的菜譜，開始自造義大利風味了。茄醬牛肚、洋蔥雞肝、家常肉丸、炸煎肉片等等多種義大利媽咪之味，在我家廚房都能夠再現，更何況是鮮乳酪番茄沙拉之類。

　　很早就開始，在我家，義大利麵是老公專門負責的。波倫亞式肉醬、番茄醬、雞蛋燻肉、奶油乳酪、辣椒大蒜橄欖油等，花樣逐漸多起來。他也去進口食品店採購多種義大利麵。光是麵條就有細的、普通的、粗的、寬的、空心的。另外還有筆尖型、蝴蝶型、貝殼型等多種麵。

　　我們在翡冷翠，幾乎每晚都去了火車站附近的比薩店。在別的餐廳吃完了晚飯，還不想回飯店休息之際，繞道去那一家，先吃點小菜喝紅酒，最後才從容不迫地叫比薩來。以當地人為主的顧客們互相談笑風

生也跟夥計聊天，整個舖子的氣氛好比跟大學食堂一般熱鬧，雖然平均年齡恐怕大一倍。

地道比薩的味道，跟我們之前在日本或其他國家如美國、香港吃的都不一樣。比薩師傅用手揉麵、用手成形，把軟綿綿的薄餅直接放進大爐子去，看起來跟北京烤鴨店的爐子一樣火勢旺盛的。才幾分鐘就完成的翡冷翠比薩吃起來特鮮，國外用機器大量生產含化學調味料的冒牌貨自然沒得比較。

當初，我們在東京尋找作法地道的比薩專門店。但是，如果有，就價錢貴得離譜。家附近的一家，老闆很熱心地研究義大利的味道，價錢也合理。但是普通日本顧客寧願邊吃美國式比薩邊喝可樂，使得老闆不快活，不久就關門了。

・為家人動手做比薩

那時，一份雜誌介紹義大利進口的DeLonghi牌烤箱說：這種烤箱，不僅烤大肉塊、全雞都很理想，而且具備著專用的比薩石，烤出來的比薩相當專業。

對我們來說，DeLonghi牌烤箱簡直是老天爺送來的禮物，從此可以在家裡做比薩吃了。

　　揉麵是我的工作。小麥粉、酵母、糖、鹽、橄欖油和溫水，攪拌在一起而揉呀揉，弄成兩個拳頭大的球形，蓋上蓋兒放在暖和的地方。過一個鐘頭拿掉蓋子，醒過的麵已經跟籃球一般大了，這回要在木板上擀成薄餅。

　　雖然清楚地記得翡冷翠師傅用手成形，但是我沒有那個技術，只好用擀麵杖，結果口感較硬。後來，我跟麵逐漸熟起來。幾年工夫，終於能夠用手成形了。這樣子，吃起來就是不一樣，脆而不硬，地道得很呢！我好想向翡冷翠師傅做報告。在我想像中，他立著大拇指，朝我擠咕眼說：「行！」

　　我做好薄餅以後，由老公做下邊的工作。如今四口人一起吃比薩，至少要三張了。他都一定做三種不同味道的，如：最基本的番茄乳酪（Marguerita）；放滿了沙丁魚和洋菇的一張；最後則是松仁核桃紫蘇的綠醬比薩。

即使最初，家裡做的比薩還是比外面賣的好吃，大概是不含添加物的緣故。久而久之，我們的技術水準慢慢提高，現在每次吃著，腦子裡都浮現翡冷翠師傅的大拇指。

家裡做麵食的成本相當低：三張比薩用的材料，如小麥粉、橄欖油、乳酪、沙丁魚、洋菇等的費用全部加起來，都絕對買不起半張宅配比薩。我們經常彼此說：「賣比薩很賺錢。要不要開舖子？」當然只是開玩笑。偶爾爲自己家人動手做比薩會是樂趣；天天爲了生活大量製造則是另外一回事了。

兒子每幾個星期，忽然大聲喊出：「我好想吃比薩！」他習慣吃的，就是父母合作親手做的那種。

「這是你爸爸媽媽去義大利度蜜月學回來的翡冷翠風味，」老公給兒子解釋。「有一天，你也一起去吧。那裡的比薩眞好吃呢！」

「義大利在哪裡？要不要坐飛機去？那麼就算了。我最怕坐飛機，會悶得慌，也會頭暈。在家裡吃爸爸做的就可以了，味道滿不錯嘛。」

聽著兒子一本正經地那麼說，老公就喜形於色。

午後四時的啤酒

　　下午四點鐘，日本全國還都在工作的時候，
悠然喝起啤酒來，實在別有滋味。那大概是偷閒的甜頭吧。

每人的一生中會有幾次高潮。每天的生活中也一樣可以有幾次高潮。目前，我每一天的第一次高潮就在下午四點正。

掛鐘長針一到最上面，老公就從冰箱拿出啤酒來，倒滿兩個高腳玻璃杯，彼此說著「辛苦了一天」碰杯子，一口氣喝下的冷冰冰碳酸十足的液體，馬上滲透著五臟六腑的時候，我每一次都不禁喊出：「好幸福！」

如果有客人在，老公則會找來喝香檳酒用的長笛型杯子。倒的還是跟平時一樣的罐裝啤酒，但是，透過細長的水晶玻璃看從底兒一點一點冒上來的很多小泡，簡直跟海裡的珍珠一樣美麗。客人的味覺定受視覺的影響，保證會說：「哎呀，真好喝！」然後，瞪著眼睛，既羨慕又譴責似地問道：「你們每天都這個時候就開始喝酒的嗎？」

「對！」我們夫妻邊回答邊相視而笑。

　　我在加拿大安大略省生活的時候，到工廠做事的人，很多都上午七點上班，下午三點就下班了。那樣也足足工作七個鐘頭。早下班的好處是，回家後還有半天的自由時間。尤其是夏天採用「陽光節約時間」那一段，到了晚上八點左右，天才稍轉昏黑。

　　有一對中年華人夫妻，每天雙雙上班，雙雙下班後，又雙雙到附近小溪釣魚去。先生原先在中國是大學教師，來到加拿大倒成了工人，別人可憐他工作不如意，然而本人卻說「這樣子享受日子也不錯啊」。達觀人生的樣子，令人聯想到中國傳說中的仙人。

　　上午九點鐘上班的白領階級也五點正下班，直接回家換穿Ｔ恤、牛仔褲，要麼跟孩子出去打球，或者在車房邊的工作間做木工活兒。省府多倫多的商業行政區和住宅區互不分隔，市民不必在通勤車上浪費寶貴時光。

　　回想加拿大的夏天，就不可不提到燒烤了。自家院子裡，或者公園野餐地點，給木炭點起火來，烤牛

排、雞腿吃，算是日常生活中不可缺少的一部分。沒錢就買碎牛肉自己做漢堡，吃素者則烤黃豆蛋白質做的素漢堡。總之，簡簡單單的北美式家常便飯，在外頭吸著新鮮空氣、曬著夕陽吃，則會別有味道的。

當年，有個日裔太太跟我在同家公司上班。她每天上午跟大家一起喝咖啡，中午吃飯時也喝點飲料，但是到了下午就甚麼也不喝。我有一次問了她口渴不渴。人家很昂然地回答說：「當然非常渴。但是，渴了幾個鐘頭以後才喝的第一口冷啤酒，我敢斷定為世上最好喝的東西，著實稱得上甘露。」

原來，每天下午四點，她比其他人早下班回家，丈夫還沒回來之前，先一個人坐在客廳沙發，邊看外邊美麗的風景邊喝啤酒。她說：「很快就要開始做晚飯甚麼的，我自個閒坐的時間並不長。但是，我活著，就是為了那一刻。」

加拿大人的生活可以劃成均以p字頭開始的三個部分：public life（公共生活）、personal life（個人生活），以及private life（私人生活）。

公共生活占白天穿著西裝、工作服上班的時間。私人生活占晚上穿著睡衣、室內衣在臥房裡過的時間。個人生活則占下班後，天還沒轉黑之前，換上便裝，要麼一個人或跟家人、朋友，在客廳、院子、河邊、公園裡過的時間。總之，一天內最舒暢、鬆弛的時間，大家都非享受不可的。

·不同的時間規劃

我離開多倫多搬到香港，很驚訝地發現，那邊很多公司都開到六點鐘。因為不少人上午十點才上班，工作時間不一定比加拿大長。但是下午五點和六點之間，有根本性的區別。即使家住得不遠，六點鐘下班的人不會回家換上便裝後出去打球的，因為離晚飯時間太近了。

於是，在香港，大家還穿著西裝、工作服直接去酒樓吃晚飯去。這樣一來，下班以後的人際關係和話題基本上是上班時間的延續，公共生活和個人生活的區別很模糊了。不同的時間規劃帶來不同的生活方

式。工作到六點，就不可能享受舒暢、鬆弛的個人生活了。

·「個人生活」是人生最好的部分

日本人過的日子最乏味。尤其在東京，上班族的工作時間長得不尋常。加上郊外住宅區離市中心坐車需要一個鐘頭。平日，很少有人趕得上家人吃晚飯的時間。

他們一早就穿上西裝，晚上回家後馬上換穿睡衣。這樣子，一天內沒有時間穿便裝了；不僅沒有個人生活，而且私人生活也只限為睡眠而已。從週一到週五，可以說從頭到尾全是公共生活。

難得的週末，在郊區街上看到上班族，有點像白天看到幽靈。平時老穿著長袖西裝，他們的皮膚沒曬過太陽白得可怕。忽然換上了 T 恤和短褲，白白的四肢非常突出，給人的感覺猶如赤裸裸，有點慘不忍睹的。

女上班族懂得打扮。但是，她們也一樣沒有個人

生活的習慣。我還在香港時，有一次，兩個日本女朋友來我家住。她們一從外面觀光買東西回來，馬上脫下名牌服裝而換穿室內衣，也洗掉化妝，沒了眉毛，把頭髮用毛巾包得像印度人。我真有點不認得了。就是那個樣子，她們兩個在我家客廳電視機前邊坐下來，邊吃零食，邊聊天，邊剪腳趾甲，邊刮腋毛，根本沒有忌諱可說。兩個女朋友在我面前直接從公共狀態進入私人狀態，而跳過了個人狀態，教我非常吃驚。

即使從外頭回到了家，不必直接進入私人生活的，中間還可以有個人生活，才是人生最好吃的部分呢。

·固定工作時間表

下午四點鐘，偶爾在我家一起喝啤酒的人，除非是國外來訪問的朋友，都還在公共生活時間裡。即使是全職照顧孩子的家庭主婦，一步踏出家門，就非得扮演某種公共角色不可的。長針一到最上面，老公從

書房出來直接到廚房去，拿出啤酒和玻璃杯來，對我們倆來講是從此進入個人生活的標誌。然而，人家的表情卻往往像偷窺著私人生活似的。誤會！誤會！

專業作家的生活很難被外人理解，何況是夫妻作家的。不上班的日子，常有人以為是「老不工作，總是玩著」。也常有人以為「一定很亂，沒規律」的。但是，幾乎沒有人猜準我們是每天固定時間開始工作，固定時間結束工作的。

如果「老不工作，總是玩著」，那就誰也沒辦法維持生活。但是「一定很亂，沒規律」的生活，我卻很有經驗。

沒結婚以前，我長期過著「忙就不睡，閒就不起」的日子。有時候，因為實在沒事可做，而且白天沒人一起玩，乾脆睡到天黑，才從容起床出去找個人生活去了。也有時候，因為太閒，乾脆睡了整整一個星期。那段時間，忙起來也真忙。獨居的空間，不會影響到別人的生活，一來勁兒就做到天黑天亮又天黑，直到往床上昏倒為止。

　　但是，結婚後一切都改變了。兩個作家在一起，總是有人一起玩，除非把工作時間固定下來，否則就不會有閒工夫寫作了。尤其小朋友出生以後，整天得餵奶換尿布，除非固定抽出時間來，再也不會有機會坐下來寫稿了。

　　於是，這些年，我們都按照固定的時間表工作。比如說，現在，早上孩子們上學以後，九點多開工而做到中午，吃完了午飯，我再做到孩子回家，老公就最長做到四點鐘。之後的幾個小時，我們定爲個人生活時間。

・我的黃金時刻

　　四點鐘，我喝著啤酒，開始做晚飯。老公放他喜愛的古典音樂，邊跟孩子們玩耍邊跟我聊天。五點鐘開始吃晚飯，六點多完畢。然後，洗碗、收拾、倒垃圾、鋪被褥、刷牙、洗澡、講故事。八點多，孩子們跟爸爸說晚安；我則陪到他們熟睡。

　　之後，才是私人的時間了。如果還有工作沒做完

的話，那麼得回書房加班去。

　　總而言之，在忙碌的一天裡，下午四點鐘是我能夠鬆一口氣的黃金時刻。如果是夏季，太陽還掛在高處，隔壁大學校園的懸鈴木樹葉亮得綠油油。大白天喝冷啤酒的感覺，猶如去了度假一般令人快樂。如果是冬季，就是夕陽無限好的時刻了。我家陽台正對面看得見富士山，被夕陽照射的姿態壯麗無比，真不愧為靈峰。雖然房子不大有點擁擠，但是因為有這超級景觀給啤酒加添味道，我們是願意住下去的。

　　下午四點鐘，日本全國還都在工作的時候，悠然喝起啤酒來，實在別有滋味。那大概是偷閒的甜頭吧。

植物的日子

我向來對生活充滿著好奇心，經歷越多越好玩，
作為女性，自然想體驗一下懷孕生育。
誰料到，一懷孕，我就從活動能力特強的狩獵動物被迫變成植物了。

很多人說女人生小孩像動物。我的感想恰巧相反；從懷孕到生育，總覺得自己變成了植物一般。

之前的多年，我過的是狩獵動物型的日子。離開東京到北京、廣州、多倫多、魁北克、香港、紐約，我都按照自己的計畫，不停地尋找人生的意義和樂趣。飽嚐了漂泊生活的各種滋味後，才想到結婚。從蜜月旅行回來，馬上發現懷孕，可說是計畫的一部分。

我向來對生活充滿著好奇心，經歷越多越好玩，作爲女性，自然想體驗一下懷孕生育。誰料到，一懷孕，我就從活動能力特強的狩獵動物被迫變成植物了。

孕婦的日子是特別被動的；除了需要別人照顧、行動不方便以外，本質上就非常被動。雖然我自己計畫了懷孕，但同時絕不能否定，這也是老天爺好心的安排。平生第一次，我眞正感覺到大自然之偉大。這

麼一來，似乎只有默默地接受自己的命運而謝天謝地的分了。這種心態，教我聯想到植物。

我說的植物，即穩穩的站在大地上、吸取土中的水分、洗著陽光的淋浴、慢慢養育體內的生命，直到開花、結果的一天。植物嘛，哪裡也不去，表面上安靜，但是其內部非常活躍，永遠做生命的來源。

· 從動物變成植物

那天在東京西部 JR 吉祥寺火車站，我覺得胃腸很不舒服，非得在月台上找個長凳子坐下來喝點冰涼的飲料。

「要黑咖啡嗎？」老公邊往自動販賣機走邊問我。

「不，」我一想起咖啡的味道就感到噁心。「我要汽水，最好是檸檬味的。」說著覺得挺可笑。

這種場面，在電視劇裡看過無限次，簡直是一點沒有新鮮味的陳腔濫調。之前，我一貫追求個性化的生活；這時候的身體狀態倒大量生產得可以。我從動

物變成植物，就是那瞬間開始的。

　　以前看電視劇，還以爲害喜只不過是開頭一段時間的事情。實際上，從懷孕到孩子出生的整整四十個星期，孕婦的身體狀態像長期患病一般。不是作嘔就是發燒，一會兒腰疼，一會兒腹痛。儘管如此，在患病和懷孕之間，還是有根本性的區別；患病可以吃藥治療，懷孕害喜只好忍耐。至少在日本，醫生不會給孕婦吃任何藥物以期緩和症狀的。

　　而且，孕婦也不會受到普通病人一定受到的慰問。人們之對於孕婦，會祝福、鼓勵，但絕不會同情。大家都習慣性地說：「恭喜恭喜。害喜不是病。歷史上每個女人都這麼過來的。你也得忍耐。」

　　糟糕！

　　之前，我一貫追求個性化的生活。這回卻退化爲無名的「女人」了；個性似乎面臨著消滅危機。所以，很多女性對懷孕生育保持著「別人都做的事情，不做也罷。我寧願做別人不做的事情」這種態度，我是完全可以理解的。然而，我本人就是壓抑不住好奇

心，總覺得「別人都做的事情，我也一定想試一試」。

不對了。

之前，我做過的每一件事情都是可以「試一試」的。連婚姻都是；如果不滿意，則可以取消。但是，世上惟獨一件誰也不可以「試一試」的事情，就是創造生命。

到了身孕二十週，你不能說：「已經夠了，現在我要取消。」到了孩子出生，更絕不可以說：「已經夠了，現在我要取消！」

・生孩子是人生最嚴肅的決定

也許，我有點後知後覺。兒子出生的翌日早晨，在婦產科醫院個人病房醒過來時，忽而發覺：這世界上有了我的親生兒子，直到我去世的一天，他都一直在，不會走。那發覺差不多驚炸了我的肺！

這需要解釋。

懷孕是一種全身狀態。不僅肚子裡有胎兒，而且

從頭到腳每一條血管裡，環流著與平時不一樣的荷爾蒙，而荷爾蒙是一種化學物質，其作用之大非常驚人：簡直是打了某種麻藥一般，令人沉於陶醉之境的。

原來，長達四十週的患病，有老天爺配好的藥。不少女人生下孩子以後懷念身孕時期說：「我多麼想找回那幸福感。」實際上，她們想念的是荷爾蒙。這種荷爾蒙的主要功能是把胎兒留在腹中不讓走。它的副作用則是甚麼都留在體中不放開。所以，孕婦幾乎無例外地經驗便祕。

經過了分娩，母體中的荷爾蒙組成又轉變。孩子一出生，馬上要吃奶。在母體裡，新的一種荷爾蒙開始分泌：這次的主要功能是生產母乳。直到前一天，甚麼都要留住不放的母體，這回要放出大量乳水。也就是說，需要完成跟之前徹底相反的任務了。

分娩後的幾十個鐘頭，身體處於兩種荷爾蒙的轉換時期。好比本來打鎮靜劑沉於陶醉之境的人，忽然改打了興奮劑一般。精神和身體一下子經驗多麼大的

變化，該不難想像。

在鎮靜劑與興奮劑之間，有極短暫的清醒時刻，我就是在那個時候覺悟了「這世界上有了我的親生兒子，直到我去世的一天，他都一直在，不會走的」。

生小孩是人生最大、最嚴肅的決定；一旦決定，再也不能取消。

．害喜沒有痊癒的一天

講回身孕階段。

我長期發低燒，到了下午就累得要命。躺在床上打開書本都看不進去。恐怕也是受了荷爾蒙影響的緣故，我智力低落，情緒上更極力抵抗刺激夠多的內容。記得有一天翻翻村上龍寫的小說，我不敢相信世界上竟會有這麼暴戾的文章而且法律都不取締。

在吉祥寺車站發現自己身孕，其實是我剛從香港搬回東京，才一個星期以後的事情。由灣仔郵局一個一個寄出的包裹都還沒有到齊。

我本來打算回日本開闢新的工作領域，但是這樣

子，非改變計畫不可了。當初還以為過了一段時間活動會方便些，但是大錯特錯，害喜沒有痊癒的一天。再說，肚子越來越大，沒有心思出去見人了。

孕婦的重大工作之一，便是控制體重。醫生說，體重增加最好在七公斤以內。

「新生兒的體重一般不到四公斤，再加上胎盤、羊水等的重量，總共才五、六公斤而已。如果體重增加幅度超過了七公斤，差距全是你的肥肉。明白嗎？」

我明白。

於是開始每天一定量體重而記錄下來。以前的人說「孕婦可以盡情吃，因為是兩人份」。現在可不同。「孕婦要吃得好，吃得少」。除了節食以外，還得運動。有些婦產科醫院開孕婦體操班，我去的一家沒有。跟老公商量，決定每週兩次一起去市立游泳池游泳。

由我家到游泳池，大約有一點五公里，對普通人來說，是徒步二十多分鐘的距離。身孕六個月以後，

我走路的速度極慢，邊搖身邊走，到游泳池需要接近一個鐘頭。不過，對平時運動量特少的孕婦而言，散散步都算是很好的運動。來回一趟加上在水裡待的三十分鐘，不僅能控制體重，而且對治腰痛也有效果。那幾個月裡，我非常欣賞每週兩次去游泳池。

說起來也奇怪，我在路上動得極慢，然而一開始游泳，就跟懷孕以前一樣自由自在的。無論是自由式、蛙泳、仰泳，都沒有任何困難。在水裡，周圍人不會知道我是個孕婦；當我上來休息之際，他們看到我的大肚子而一律吃驚。與其說孕婦是植物，倒不如說是魚類?!

·多漂亮的小娃娃

慢慢走動的日子到頭，是預產期的前一天。我們一起去附近的中餐廳萬壽山吃飯。回來的路上，老公要停留在唱片店看 CD。我在旁邊站著，開始覺得肚子有點痛。

「不行啊。我得走了，」說著走出舖子，我發現

自己的步伐異常快。不僅比平時快，而且比一般人還快，簡直在競走了。老公跟著我出來，都很驚訝地問我：「你怎麼了？」

「好像小朋友催我跑步了！」

真的。我剛才在唱片店裡有點腹痛，可是開始跑步後，全身都紓緩了。好久沒有感到如此舒坦。明天是預產期，他大概已經準備好而讓我知道的。漫長的身孕日子終於到了頭了。

我走得越快越覺得舒服。當初，老公也跟我一起跑步，但是他很快就跟不上了。我一個人先走，到了家，還不想停，就當場踏步等待。當老公回到家，我告訴他說「去再走兩圈兒就回來」，又出發了。

當晚，我挺著大肚子竟跑步兩個鐘頭。也許，那個時候，荷爾蒙轉換已經開始，我在受興奮劑的影響都說不定。有人說，如果過了預產期陣痛都不來，走路會催產。我則接到了胎兒的指示，邊拚命而愉快地跑步，邊欣賞東京初春的夜景。

果然，第二天，即預產期當天的早晨，陣痛開始

了。首先很微微，逐漸變得特激烈。那是我這半輩子最長的一天。隔一夜，我們的長子出生了。老公一直在我旁邊，拿著相機拍下了小朋友呱呱落地的場面。醫生的太太幫他洗著身體說：「多麼漂亮的小娃娃！」

我從來沒聽過如此令人驕傲的讚揚話。做了四十週被動無名的植物，這時我覺得，完全值得了。

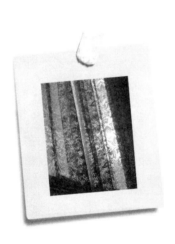

開拓者精神

　　DIY是開拓者的生活方式，絕不僅為省錢的手段。
所以，即使是有錢有地位的中產階級，
　　都願意花整個夏天的假日去重做門廊，
　　　為了受到鄰居朋友們的讚揚。

我曾在多倫多一起生活的櫻子是日裔加拿大人。她六歲時候跟著父母移民到加拿大，高中以後幾乎每年回日本度暑假，在多倫多大學主讀日本文學，會說一口標準而流利的日本話。儘管如此，櫻子的生活習慣，很多方面還是相當加拿大化。用一句話概括，那大概就是「開拓者精神」了。遇到甚麼樣的困難，她都會自己想辦法並且動手解決的。

　　櫻子租的房子在皇后西街，烏克蘭人開的未來麵包店後面，冰淇淋工廠隔壁，乃一棟洋房中占有二樓和閣樓的小單位。有兩臥室、一客廳、小廚房和洗澡間，由她一個人住稍嫌大些，於是提議我也搬進來，自己則做起二房東了。

　　當時，我們都是二十多歲單身的職業女性，有一段時間在一間諮詢公司做過同事。我早就知道櫻子嘴勤手也勤。不過，開始一起住，她生活能力之強，還是使我為之咋舌。

　　我最初注意到的是她烹調技術之高。雖說是海外日本人，她會做的日本菜花樣比我多好幾倍。從紫菜捲壽司到天婦羅、炸豬排，直到豆沙糯米糕等甜品，她都站在小小的廚房裡，邊跟我聊天邊迅速製造出來。

　　「你怎麼這麼會做菜呀！」我特驚訝。

　　「我們在海外，除非自己做，不然永遠吃不到日本風味的。不像在日本，去超市就應有盡有。雖然現在街上的日本館子可不少了，但是味道純正價錢合理的有幾家？少之又少。再說，剛剛移民過來時，我父母經濟不寬裕，天天從早到晚不停地工作，我非得替他們料理家務不可的。」她解釋。

　　我們在日本習慣性地到超市買現成商品的種種綜合調料如冷麵汁、烤肉醬，櫻子都從頭親手做。連炸豬排用的麵包屑，因為加拿大沒有日本式鮮嫩那種，她也用礤床兒自己弄碎剩下的法國麵包去做。如果有剩餘的調料或食品，她就放在大小不同的密封容器整整齊齊保存在冷凍庫裡。一切過程均非常合理、專

業。

·新大陸開拓者精神

　　櫻子的生活能力，亦遠遠超出傳統女性的守備範疇。

　　有一天，她衣櫃裡的木槓子忽然斷了，拖衣架帶衣服全掉下來了。我自己單獨生活時，最為難的就是這種場合。猶如天花板的日光燈需要更換一樣，出錢請專業工人來，似乎有小題大做之嫌，可是女孩子家自己絕對不會做。有男朋友願意幫忙，那太好不過了。可是，沒有固定男朋友怎麼辦？普通異性知己，在這種場合是靠不住的。因為太像老公、男朋友做的事情，人家會提防呢！

　　「怎麼辦？」我替櫻子好擔心。

　　「當然要修理了。」她若無其事地回答。

　　吹著口哨，櫻子從閣樓拿下來手提箱子和紙袋。箱子裡面是各種各樣的工具。她找出鋸、鐵鎚和幾種釘子。然後，從紙袋拿出適當的木片，當場就開始修

理衣櫃了。

　　之前，我從來沒看過女性用鋸，還以為那是專門屬於男性的工具。至於鐵鎚和釘子，雖然我周圍的女性也偶然會碰，但是始終用得特別笨拙，絕不會像櫻子那樣完全在行。

　　我仔細看她的工具箱，好比是職業木匠的裝備；不僅有螺絲刀、扳手等小件，而且電氣鑽等大件也全齊。

　　「你怎麼有這麼多種工具？」我問。

　　「我搬出來時，父親讓我帶的。」她說。

　　「你是跟爸爸學了木工活兒的？」

　　「主要是在中學上課時候吧。」

　　「在加拿大中學，連女生都做木工啊？」

　　「日本女生不做嗎？怪不得你這麼沒用。哈哈哈！」我被櫻子大笑了。

　　我在日本上中學時，每週有兩堂「技術・家庭」課。到了時候，就男女分開；男生到技術室做木工活兒去，女生則到家庭室學烹調、縫衣服去。所以，當

時的日本女生從來沒有機會上課學木工活兒。

　　至於男生，我記得哥哥有一次做小小的書擋帶回家來。不過，我也很難想像他會吹著口哨輕鬆修理衣櫃。日本男生是不會比女生有用到哪裡去的。儘管櫻子的父親是土生土長的日本人，但他是經過多年在加拿大的生活，學會了新大陸開拓者精神，並傳授給女兒的。

・DIY是開拓者的生活方式

　　後來，櫻子跟當地小伙子結婚。兩人買了一棟百年老房，在眾朋友的協助下，從頭到尾自己裝修好了。不僅塗了牆壁、換了地板，而且樓梯的位置都完全改動的。

　　有一天，我去他們的新居看看裝修工程進行得如何。一進去，我就驚訝地發現，本來占領走廊一半面積的扶手樓梯不見了。仰頭看天花板，果然打了個大洞，簡直是炸彈爆發現場。

　　「哎，你來了，」櫻子在二樓大洞邊蹲下來向我

打招呼。「我們正在搬動樓梯呢。暫時得用後面梯子上下。等一會兒，我下去吧。」她說。

我簡直不敢相信自己的眼睛。雖說新郎新娘都是充滿著開拓者精神的加拿大人，但並不是建築專家。在二樓地板打那麼大的洞，整個房子不會塌下來嗎？

「不會的，」櫻子笑我太過慮。「西方的磚頭房子不像日本的木頭房子那麼差勁兒，好結實的，而且在加拿大不用怕地震。」她說。

新郎也說：「謝謝你替我們擔心。可是，我也幫朋友做過很多次類似的事。算是有經驗的。」為了盡快完成裝修工程，他辭去了工作，等房子修好了，打算再找下一份差事。

在加拿大，到處都有 DIY 商店。專業匠人用的工具、木材、磚頭、油漆、建築零件以及電氣系統等等等等，想要甚麼就有甚麼。普普通通的市民，一到週末就開車去買建築材料，跟家人一起裝修房子，乃兼備勞動、創造兩性質的娛樂項目。

DIY是開拓者的生活方式，絕不僅為省錢的手

段。所以，即使是有錢有地位的中產階級，都願意花整個夏天的假日去重做門廊，為了受到鄰居朋友們的讚揚。

櫻子的丈夫辭去工作專注裝修房子，周圍人都認為是好主意。房子是夫妻最大的財產，經過主人細心的裝修，提高了價值，以後賣出去會賺錢。從這角度來看，他雖然暫且沒有了收入，卻正在為未來做相當安全的投資。

多數日本人非得花錢買專業服務不可的種種活兒，加拿大人都會吹著口哨自己做。櫻子搬進新居時候，她自己租了大卡車，請新郎和親弟兩個男人幫忙，輕輕鬆鬆半天就做好了全部作業。

在日本，大家倒以為搬家是只有搬家公司才能做的大事情。穿好制服、制帽，戴了手套的工作人員四人一組過來；第一天把櫃子裡、抽屜內、架子上的所有物品都整整齊齊放進紙箱去，並寫下仔細紀錄；第二天上午，把箱子一個一個地往卡車裝載；吃完了中飯，下午才運進新房去，由工作人員打開紙箱，把所

有物品按照紀錄放回原來的櫃子裡、抽屜內、架子上去，最後開的帳單，數目當然會很可觀了。「全託搬家方案」很受消費者歡迎，因為日本人覺得這樣子省事、舒服。

・承擔勞動，充實人生

我在加拿大總共住了六年半。從二十五歲到三十二歲，剛離開父母出社會後不久的歲月，我在開拓者的國土過了日子。後來，我慢慢發覺，加拿大的六年半給我留下的影響並不少於在父母家成長的二十二年。

我們做人，似乎分兩個階段完成的。第一階段在於父母保護下，身體長大，吸收知識。第二階段則是經濟上獨立以後，通過實地經驗，學會社會生活的種種細節，如付房租、交稅、申請信用卡、訂合同。雖然我的基本人格在日本定型，但是社會生活的技術主要是在加拿大學的。在這意義上，大概我永遠是有點加拿大人。

日本人和加拿大人，花錢、花時間的原則都不一樣。日本人寧願為服務花錢來換取休閒，大概是平時的工作壓力太高的緣故。加拿大人則寧願自己承擔勞動來充實人生，也許受基督教倫理的影響。在日本人看來，加拿大人很小氣；不肯給人家付錢而甚麼都要自己做。由加拿大人看來，日本人不會玩；本來可以自己享受的很多事情都花錢轉包出去，生活中還留下甚麼樂趣呢？

結婚回日本以後，每次生活中遇到需要解決的問題，我都會想：如果是櫻子，要怎樣去解決？

東京的日常生活，若順其自然，凡事得花錢解決。最近，我認識的一對夫妻在同一棟公寓裡換了單位。為了從二樓搬上三樓，他們還是選擇了「全託搬家方案」。因為不需要用車，搬家公司打了折扣，主婦特別讚揚地說：「很好。很方便。滿合理。我們早上出去，下午回來時，新房已經整理好了。簡直是灰姑娘的魔法一般！」

她恐怕不會理解，加拿大新郎為甚麼辭掉工作去

自己裝修房子，而新娘和周圍人都支持他的決定。老實說，我也並不全面理解。

　　儘管如此，坐在東京家中環視四周，我始終特想做點裝修的。雖然不敢在天花板上打個大洞，但是自己塗牆壁、換地板，應該可以吧？

三角關係

把愛和精力傾注在其身上，孩子才會健康快樂地長大；
整個過程彷彿是藝術創造。
在這意義上，孩子是母親渾身的作品。

「我常告訴健兒說，他是我這輩子最想見到的一個人，終於見到他的時候，我覺得多麼高興。」善子說。

健兒是她六歲的兒子。婚後十二年，善子一直沒有懷孕。最後差不多放棄希望時，忽然發覺肚子裡有了胎兒，九個月以後健康可愛的男兒呱呱落地，她自然感動不已。

只是，講到健兒，善子的語氣猶如在講情人一般地甜蜜起來，叫人聽著很尷尬。她自己都說：「他使我感到幸福的程度，遠遠超過他爸爸。健兒也真是個好孩子，至今說，長大以後一定要跟媽媽結婚！」

像善子那樣公開表露對兒子的戀情，在日本母親圈子裡，算是常見的事情。她們也往往拿丈夫跟兒子比較說，自己對兒子的感情多於對丈夫的感情。

比如說，迪子。她也是婚後十五年，經過多年的不育症治療後，四十歲才懷上了兒子友樹的。

「從前，我們只不過是一對平凡的男女。友樹到來之後，在一夜間，像魔術一般地演變成一個家庭了。太偉大，太幸福！」她說。迪子對寶貝兒所疼愛的程度，過去六年沒有減少；孩子上了小學以後，還每晚都在同一張床上，母子互相擁抱著睡覺。也就是說，她丈夫過去六年都沒有在妻子的懷抱裡打過呼嚕。

·愛情量減少了

在日本，母親跟兒子多麼親密，都不會受到別人的譴責。不像在西方，身體接觸多了一點點，就會有人報警投訴性虐待、亂倫等。

根據佛洛伊德，在父母兒子的三角關係裡，兒子對父親的嫉妒最強烈，因為父親占有著母親，使他得不到其愛。這一學說，顯然對日本社會不適用。即使本來占有妻子的丈夫，在兒子出生以後，就得把她讓出去的。日本的父母兒子三角關係裡，被排斥的不是兒子，而是丈夫。如果伊底帕斯的故事在日本發生，

情節發展的方向絕對會很不一樣。

我自己在西方生活過一段時間，觀念上也多多少少受了影響，不敢跟普通日本母親一樣，公開承認對兒子的感情超過對丈夫的。

儘管如此，老公幾次提出抗議說，有了孩子以後，他從我收到的愛情量少了很多。他甚至舉一個朋友的例子說，本來是很要好的一對夫妻，兒子出生以後，太太不再理丈夫了，使得他非常寂寞只好往別處尋找溫暖去⋯⋯。這可不是威脅嗎？

·孩子是母親的作品

記得兒子剛剛出生的時候，我一個人照顧新生兒覺得特別緊張，連一秒鐘都不想把視線從寶寶身上移開過去。當老公提醒我外頭盛開著櫻花，我也根本沒有心思到外面觀賞去，極其不願意地靠近窗戶望出去，只看了一眼而已。整整三個星期，完全沒看報紙也沒看書，在我來講是自從識字以後第一次的異常情形。除非有工作上的需要，那個時候就放棄了閱讀的

習慣都說不定。現在回想，當時的我恐怕也沒有好好看老公的臉了。

母親對新生兒，眞是百看不膩。有些女人就在這個時候決定：從此以後，孩子就是人生的意義、活著的理由，相比之下，其他一切都不重要了。

有一天，看著寶寶睡著，我忽然覺悟到：「爲了他，我是連自己的生命都要獻出去的，因爲他是我的親生兒子。」而淚水不停地從眼眶溢出來。

那啓發究竟是荷爾蒙的作用，還是遺傳基因登載的生命諮詢？總之，我覺得是生命系統本身既定的，並不取決於個人感情多寡。

記得中學時候，女同學之間常常講到「爲了心愛的人，你願意獻出自己的生命嗎？」一類的問題，但始終很抽象。這回卻非常具體，充滿著現實感的。

我估計，世上每一個妻子都有時會想到，如果丈夫突然去世的話，我該怎樣活下去？一定會受到震撼、極其難過，但是，無論如何，非得養活孩子不可的，該怎麼辦？當她們修改假設，想像中要去世的不

是丈夫而是孩子之際，心理反應會完全不一樣。她們馬上想到的不是「我該怎樣活下去？」而是「我到底能不能活下去？」了。

異性愛和母愛是兩種截然不同性質的感情。至少孩子幼小時期，母親對孩子的愛甚至壓倒自我愛，當然無比重了。日本有些育嬰書，把那段時間形容爲「蜜月」；母子間，不僅感情交流特別密，而且身體接觸也非常多，別人不好打擾干涉。

同時，母親對孩子的愛，並不全是本能或身體性的。從出生到上小學，人生開頭的六年時間裡，母親爲孩子做的事情非常多。餵奶、換尿布、洗身子、洗衣服、唱搖籃曲、講故事、做飯、縫補衣服、帶到游泳池、給醫生看，等等。把愛和精力傾注在其身上，孩子才會健康快樂地長大；整個過程彷彿藝術創造。在這意義上，孩子是母親渾身的作品。

母愛中，有一部分類似於對作品，或對工作項目之愛。

·男人做了父親之後

在日本，大家以為：母親愛兒子多，父親愛女兒多，乃人之本性。

說到「新娘的父親」，每人都會想到不想失去女兒而躲藏起來流眼淚的父親。有趣的是，「新娘的父親」心態是女兒一出生就開始啓動的。一些新任父親，看著睡在搖籃裡的女娃娃流眼淚，因爲他不敢想像到，二十多年後，她要嫁出去時，自己將會多麼難過！

我們的兒子三歲八個月時，他妹妹出生了。老公看著她睡在搖籃裡，自我陶醉地說：「她過二十歲生日時，我一定帶她去銀座一流酒吧，開瓶高級香檳酒共同慶祝的。怎麼樣？不錯吧？」過一會兒，他又羞澀似地說：「不好，不好。父親成了女兒眼裡的白馬王子，她就不肯結婚了。」男人一做了父親，怎麼就變得這樣好笑呢？

家裡有了一男一女，男女分開活動的機會逐漸多

起來了。也就是老公和兒子，我和女兒單獨出去甚麼的。畢竟，男孩子稍微大了，做母親的不可能陪著打球、踢球、造飛機模型等，只好拜託老公了。

女兒還太小，總是纏著媽媽，不肯跟爸爸單獨活動。但是，老公對她的感情，並不因為如此而減少。

最近一個晚上，他邊喝酒邊看著女兒在客廳裡旋轉學跳舞，竟說出：「我將瞑目時，腦海裡一定會浮現她作為芭蕾舞團首席女星在舞台上表演的場面，而死不足惜了。」我和兒子聽得目瞪口呆。小妹只有兩歲，再過兩年才能報名參加芭蕾舞班呢！父親對女兒，癡心妄想到不可救藥的地步。

我對兒子和女兒，一樣覺得很可愛。我對兒子和女兒，都不會有太荒謬的想像。不過，我揪心扒肝，還是為兒子多。一想到他在外面受甚麼委屈，或者我斥責說的話使他難過等可能性，我就坐立不安，胸次難受起來的。好在我有工作，不是整天都想著孩子。如果是白天不大忙的家庭主婦，整天都為兒子胡思亂想都說不定。

·擺脫母親的約束

前邊提到的善子和迪子，都是上了年紀以後才有了獨生兒，感情自然很深。幾乎一樣情況下，有了獨生女的母親，對孩子的態度明顯不一樣。

四十三歲的眞由美和六歲的彩乃，簡直是雙胞胎母女。肥胖的身材，圓圓的眼睛，走路時候的姿勢，都完全一個樣，只是尺寸上有區別而已。眞由美很疼愛女兒，下意識地把她包圍起來，給予保護，也不讓她太早獨立。晚上，她們倆也在一張床上互相擁抱著睡覺。

然而，母女之間，果然沒有情人般的甜蜜氣氛。反之，好比是連體雙胞胎，很難分開我和你：和睦起來，像一個人；鬧起矛盾來，則會特別激烈。

至於彩乃的父親，家庭裡的地位，三人中最低；一犯甚麼錯誤，就挨兩個女人的批評。在父母女兒的三角關係裡，被排斥的還是父親。顯而易見，對很多日本小孩來說，在成長的過程中，擺脫母親的約束是

最大、最困難的事業。

　健兒、友樹、彩乃，剛上了小學的三個孩子們，究竟甚麼時候能擁有自己的床？他們的父親會不會有一天恢復夫婦生活？我都不敢問三位女主人有甚麼打算。

不倫之戀

我說不上話來了。
這麼多年我對她丈夫,從來沒有過好感。然而,這回,我非常同情他了。
也許,他自己都有不可告人的祕密,
所以才保持了冷冰冰的婚姻關係。

老同學禮子來電郵說：她先生快要調到北京去，想出發之前跟我見一面。於是，某一個星期天，他們夫妻雙雙來我家吃午飯。

門鈴一響，我就打開家門迎接他們。我跟禮子一直有來往，上次見面是一年半以前。跟她先生，卻很久沒見。心裡數數，大概有十五年了。

當時，他們倆剛結婚後不久，我對他很有意見，因為禮子本來打算去英國留學的計畫受他干擾，結果沒去成的。所以，三人出去喝酒，我對他的態度不可能很友善，大概沒留下好印象。不過，都十五年了，不用計較那麼久以前的事情了。

門一打開，站在我面前的男人，跟十五年前完全是一個模樣。頭髮還是黑黝黝，穿著猶如美國常春藤盟校學生；看起來隨便，實際上一件一件都是名牌。

也不奇怪，從小學到大學，他都讀了日本數一數二的貴族學校。大學時期是運動員，畢業以後任職於

大型廣告公司。二十幾歲跟禮子結婚時，父母出錢蓋的房子位於東京港區外國使館集中的地區。這種造化，如此優越的條件，恐怕全東京一千三百萬居民當中，只有寥寥幾百人才有的。我當年對他很反感，一個原因就是人家出身太好了，瞧不起老百姓似的。

大家到屋裡來，在明亮的餐間坐下時，我發現，他身體稍胖，動作有點緩慢，前額上出著汗。雖然打扮成年輕人一般，但實際上是四十幾歲的人了。那黑黝黝的頭髮好像是染的，就像禮子的淡棕色短髮。

·禮子夫妻

這十五年，我生活的變化很大。

當時的單身職業女性，經過多年的海外漂泊後，結婚養育的兩小孩，這天也在客人邊大聲喊著團團轉。相比之下，禮子夫妻沒有搬家，沒有換工作，也沒有生孩子。這回先生調到北京去，將是結婚以後頭一次的大轉變。

「你也打算一起去嗎？」我問禮子。

「是我說不用的，」先生搶著回答。「她工作了這麼多年，如果現在辭去，將來的養老金會少很多，太可惜了。」

「可是，我的女朋友們都說，北京女孩子很積極，讓他一個人在那邊生活，會很危險，」禮子說。「所以，等到明年春天，我正在做的項目完成後，看看能不能請無薪假去北京，乘機學學漢語。」

「是的。你應該去。」我跟禮子說。

但是，她先生還是不以為然的樣子。他是馬上要動身的。

「我明天就要去上海出差兩個星期，歸途經過北京找房子住。回東京開完會，就得正式出發了。聽說中國現在的氣氛跟日本一九六○年代初東京奧運會以前一樣活躍。我有點擔心自己的體力精神都不夠。」

年紀四十多，有二十年工作經驗的人，在東京總部算是個中堅幹部。然而，去了北京，人生地不熟加上語言不通，簡直跟新人一樣。

「可是，現在中國很多人都會說英語的。溝通不

會很困難吧。」我說著要安慰他。

「不行。」他搖頭。

「他是不會講英語的，」禮子解釋說。「不過，才能是應該有的。因爲他家人很多都會，包括曾教過皇室成員英語的奶奶。」

我目瞪口呆。他奶奶曾教過皇室成員英語？究竟是何種的高貴世系呢？

不到三點鐘，禮子夫妻就站起來要走了。先生本來想看我的目的，似乎沒有達到。我心中有點不安，但是他不主動提出任何具體的要求來。

·表面很幸福

「做貴族少爺好像不太容易啊。」他們走了以後，老公說。

我點頭同意。

十五年前很威風的年輕人，如今變成了尷尬疲倦的中年人。被公司派去北京工作，但不會說中文也不會說英語。做唯一家人的妻子也暫時不陪同。既然沒

有孩子，兩人向來保持了相當獨立的生活。爲了工作而夫妻分居一段時間，在多數日本人看來是很正常的情況。

記得十多年以前，有一次我跟禮子單獨見面時，她很煩惱地說：「婆婆老問我甚麼時候生孩子。可是，這種事情嘛，沒有就沒有。」

在繁忙的大都會工作的人，很多都患有不育症。我不好意思仔細問，但是心中很同情她。今天夫妻雙雙來訪問，老公不經心問及：「你們沒有孩子？」叫我提心吊膽。

誰料到，她先生滿認眞地回答道：「開始的五年是故意不要的。後來，那方面不大行了。」令人聽著不知怎樣反應才是。

表面上看來很幸福的一對夫妻，給人的感覺卻很不對勁。

· 婚外情人

幾個星期以後，我給禮子電郵說：「上次未能幫

到你老公的忙，非常抱歉。他已經去了北京嗎？你一個人生活寂寞不寂寞？有空，咱們倆吃午飯聊聊好嗎？」

前不久，女兒開始上托兒所，我終於能夠單獨出去見人了。雖然得匆匆去匆匆回來，但是這種自由時間是過去幾年都沒有的。我很期待跟老同學吃午飯的機會，何況地點定在神田神保町的老字號啤酒屋LUNCHEON。

十一點半，舖子一開門我就進去，沒想到禮子已經在裡面坐著。

「是這樣子，」她搶先開口說，「有件事情我要告訴你。」

我默默地點頭，等待她繼續講下去。

「我有些淘氣。」她說。

我從來沒聽過大人說自己淘氣，但是直覺地明白她暗示著婚外情。

「今年初敗露了。有一段時間非常糟糕。從極幸福一下子掉到極不幸。後來，老公忽然調去北京，我

生活又安靜了。」說著，禮子的態度很平靜，好比在講別人的經驗。

情人是同一家公司的職員。兩人關係保持了大約兩年。她先生沒注意到，因爲大家向來工作忙，很晚才回家，平時說話的機會都不多。但是，對方的太太是家庭主婦，相當關心丈夫的動向。有一天，她發現丈夫的手機在家，乘機打開看看，果然裡面保留著好幾封寄給情婦的電郵。她把全部內容記錄下來，帶著證據，到公司找禮子算帳。

「她那樣子，氣得跟狂人一般。我馬上同意分手，但是她不相信。來電罵人無數次。有一次，凌晨三點鐘，竟打到我家來了。說是對方夫妻在附近通宵經營的連鎖餐廳等著，要求我帶先生一起過去，以便四人討論問題。」

直到那時，她先生還不知道妻子在他背後淘甚麼氣。

「沒辦法，我當場向他坦白了一切。聽了之後，他接電話告訴對方說：『我剛剛被告知了情況，實在

沒有心思現在出去討論問題。並不是想逃避，只是需要點時間消化。能不能推到今天晚上？』他一貫很冷靜，一點也沒有激動，也完全沒有生氣。對方似乎覺得那樣就夠了，後來並沒有四個人見面。但是她至今還不停地來電話罵我。」

連想都不敢想像，禮子的處境究竟會是甚麼樣的滋味。一旦失去了丈夫的信任，修復夫妻關係談何容易？但是，她說丈夫真的不在乎，「也許對我根本沒有感情都說不定。」同時，他們也完全排除離婚的可能性。「跟雙方家庭的關係都非常好，太難得了，不想失去。」

至於已失去的情人，她說：「很帥很帥，而且工作能力特別高。我和他一起去京都看歌舞伎，玉三郎的反串演出迷人極了。我當時覺得自己多麼幸福。現在，他整天都被老婆監督。每一刻鐘來電確認在哪裡做甚麼。有時候，晚上回家，太太不肯開門，他只好去附近的小公園等到凌晨、天亮。」

果然，對方失去的東西可不少。

禮子說：「我要開始學中文，明年去北京，會是新的開始。」

·他是喜歡你的

我說不上話來了。這麼多年，我對她丈夫，從來沒有過好感。然而，這回，我非常同情他了。也許，他自己都有不可告人的祕密，所以才保持了冷冰冰的婚姻關係。近幾年日本有個流行語叫「假面夫妻」，特別合適於他們倆。

「怎麼？你不說話了。」禮子說。

「這些年，我過著很純眞的日子呢。」我笑著回答。本來很期待的一頓午餐，吃都吃不出味道來了。我很後悔約禮子出來一起吃飯。

「你們是恩愛夫妻，整天在一起不吵架嗎？」禮子逗我說。

「當然吵啦。可是，吵不吵架都在家。沒辦法，我老公是個喜歡家的人。」

「不是。他是喜歡你的。」說著，禮子的臉忽然

變成很難過的樣子。

　　我同情她。但，還是，同情她先生多一點。從LUNCHEON出來，外面陽光特燦爛。禮子拿出墨鏡來，邊揮手邊戴上說：「有點遠視眼了。」

　　不是的。她已經開始有老花。

神話的時間

神話的時間裡只有現在而沒有過去和未來，
因而也不會有記憶。
有了記憶，大概已經走出神話的時間了。

有人說，孩子活在神話的時間裡。

神話的時間是甚麼？

這世界還沒有鐘錶、日程表以前，現在等同於永遠，從來不需要趕忙，大家悠然自若；現代人早已失去，只能懷念的那種時間。

神話的時間裡只有現在而沒有過去和未來，因而也不會有記憶。有了記憶，大概已經開始走出神話的時間了。

三島由紀夫說，他清楚地記得自己出生的場面，小說《假面的告白》開頭描寫的就是。不過，普通人記事大約從三歲開始。那以前發生的種種事情，雖然是自己的經驗，但是都不會留在記憶庫裡。

比如說，母奶的味道。雖然人人都吃母奶長大，好像沒有人記得其味道。

我兒子吃母奶到兩歲六個月，卻不僅忘記了其味道，而且忘記了其吸法。他三歲八個月時候，妹妹出

生，看著她吃母奶，哥哥也要了。但是，無論如何都吸不出奶水來。

原來，母體器官跟奶瓶的塑料乳頭不同；爲了吸出奶水，需要一門技術，而那技術是專門屬於小娃娃的。看著妹妹全神貫注地一口一口吃母奶，三歲哥哥頗顯木然；他已經開始走出神話的時間了。

人的自我，看來是斷奶以後才樹立，而有了自我，就吸不出母奶來。

·永遠只有現在

跟嬰兒在一起，我們的時間觀念也受影響。就像小娃娃沒有記憶一樣，做父母的也不停地失去記憶。這話怎麼說呢？

面對迅速變化中的孩子，做父母的都不停地忘記昨天是甚麼樣子。因爲人的記憶始終是靜止畫面，無法記錄動態下來。

嬰兒的成長速度非常快。一年以內，體重從三公斤到十公斤，竟增加兩倍；身高則從五十公分到七十

五，增加五成。如果是一個大人，本來體重五十公斤、身高一米六，而在一年內變成了體重一百五十公斤、身高兩米四的魁偉巨人的話，你一定認不出來了。孩子的成長幅度，就是那麼大。

再說，一開始，除了哭泣被抱上來以外，整天都安安靜靜躺在嬰兒床上的小娃娃，才幾個月工夫，就學會翻身，學會坐著，還學會站起來。

一年以後，果然會自己到處走的十公斤小朋友，跟當初躺在床上的三公斤小娃娃，到底是不是同一個人？

當然是同一個人，卻截然不同。

我天天陪著同一個小娃娃，她卻天天成長、日日不一樣。

看著會走路的小女孩，很難回想起來，她在地上爬的時候是甚麼樣子、剛站起來時候是甚麼樣子、左搖右晃開始走路時候是甚麼樣子。就像她沒有記憶一樣，我也只能同步忘記她過來的路程，才能一直陪她往前走。

活在神話時間裡的小孩子，永遠只有現在，而現在是不停地往前走，始終變化的。

對迅速成長中的小娃娃來說，一年以前是好遠好遠，不可想像的神祕過去，甚至還在胎裡的時間。有人講，特別的孩子一、兩歲，剛開始說話的時候，會講到在胎裡的感覺如何，比方說「我每天在水裡游泳」等。

我的兩個孩子都沒有。

·沒有「休息」兩個字

現代人帶孩子會很辛苦，一個原因，就是我們早已忘記了神話裡的時間是怎麼回事。

育嬰跟家務、工作有根本性的區別。家務和工作，都是效率越高，越早能完成的。育嬰可不同；無論效率多麼高，永遠做不完、永遠不會有釋放，直到孩子成人的一天。

剛開始，我們很天真地以為，盡快洗碗、盡快洗衣服、盡快打掃、盡快換尿布，就應該能夠盡早休

息。但是，神話的時間裡，就是沒有「休息」兩個字的。我至今搞不明白究竟是怎麼回事；健康的孩子是永遠不會玩累的，直到突然睡著的一刻。

現代人過的時間直線流逝；神話裡的時間卻永遠循環，直到我們夢醒為止。

我在一本書裡看到：其實孩子不需要帶大，他們自己會長大的；做父母的只要等待他們自己長大即可。

然後，有一天，忽然發現，我們的頭號小娃娃再也不是小娃娃，也不是羨慕妹妹吃母奶的小朋友，而是個全身曬黑的小學生了。他每天放學後在外面踢足球到天黑，一回家就大口大口吃晚飯，之後熱中看電視上的棒球賽。

「七年前，你在我肚子裡被發現時，全長才九毫米而已呢！」我告訴他。

「不記得。」他回答。

當然，他自己不會記得。

但是，我記得，也永遠不會忘記。

· 《浦島太郎》

　　日本有個童話叫《浦島太郎》。

　　烏龜被太郎救了命後感激不已，要帶他去海底下的龍宮城玩。那裡有美麗的乙姬公主，以山珍海味和魚群的舞蹈演出招待他。太郎很高興，不知不覺之間，在龍宮城待了很久。終於要走的時候，乙姬給他送個神祕的「玉手箱」並囑咐說：除非有苦難，千萬不要打開。回到故鄉的太郎發現，在陸上，至少已經過了半個世紀。無可奈何，他打開「玉手箱」，誰料到白煙冒出來，一下子使他變成白髮老人了。

　　帶孩子，或者等他們自己長大，感覺猶如去了龍宮城一樣。忙忙碌碌又快快樂樂地過的時間，基本上跟外邊社會斷絕著來往，轉眼之間幾年過去，有一天照鏡子，驚訝地發現：頭上的白髮可不少了。

　　沒有記憶的時間，其實過得非常快。走出了神話的時間以後，回想那幾年，簡直做了一場夢一樣。

·孩子之恩

日本有俗語說：「有了孩子才知道父母之恩。」自有道理。同時，我也覺得「有了孩子才知道孩子之恩」。孩子確實讓父母學到很多事情。其中，對我來說最重要的，就是如何接受生病老死。

才四、五歲，剛走出神話時間的小朋友都非常害怕自己有一天會死。到了六歲，快要獨立上學的孩子則特別害怕失去父母。

人為甚麼要死？

這命題的合理答案只能是：因為已經完成了生命的過程。

那麼，生命的過程又是甚麼？

就是把自己的基因傳授給後代。雖然個人要死，但是所留下的生命諮詢會一直繼承下去。

·循環性的時間觀念

看著兩個小朋友，我經常回想早已去世的姥姥。

尤其，每逢慶祝節日之際，都想起她曾親手做給大家吃的各種美味，以及專門送給我的紀念品，如三月三日桃花節擺設的一套人偶，或者十一月十五日七五三節穿的和服。一方面，我非常想念她；另一方面，我也恨不得早日做祖母，跟兩個孩子的孩子們相見面。

現代人都希望自己會永遠年輕，甚至日本有些祖父母，因而拒絕孫子女用爺爺、奶奶、公公、婆婆等的稱呼。我母親，就是不要人家喊「婆婆（日語唸baba）」，所以改爲洋名「巴巴拉」強迫小孩子們用。放棄了傳統稱呼，自然也不會扮演傳統角色。姥姥曾爲我們一代所做的事情，她都免除了。

我倒想早日成爲傳統的日本祖母，自己都覺得很可笑。不過，在身邊，老公也說很想早日看見孫子女。

「老爸說，他一定要健康活到孫子結婚，我都能夠理解了。年紀大了，看後代茁壯成長，會是很大的樂趣，甚至有活頭。」他說。

一想像子女、孫子女越來越大，接受自己有一天

必定去世似乎就容易一些。孩子給我們帶來循環性的時間觀念。一個生命結束，但是很多生命由它發生而永遠延續下去。

記得老大出生時，老公感慨無限地說：「終於在歷史上有了我的位子了。」當時，我覺得他說話有誇大其詞之嫌。對我來說，生小孩是極其身體性的事件，根本沒工夫想抽象問題。可是，久而久之，我開始對他的感慨共鳴了。沒生孩子以前，我的生命只不過是無邊黑暗的宇宙中，迸出後馬上消滅的火星。然而，有了孩子，生命之火就可以永遠燃燒下去了。對廣大世界來說，是微不足道的小事情；對當事人來講，卻很有安心作用。

·寶貴禮物

過去七年，託孩子們的福，我也能夠回到神話的時間裡去了。

也許是中年才做了父母的緣故，我們要盡量體驗、享受育兒的每一個環節。尤其重視了每天的三頓

飯，因為食品就是愛情，飲食則是愛情行為。這一點，源自義大利的「慢餐（slow food）」運動帶來的啓發很大。

結果令人相當滿意。但是，另一方面，工作量、收入都不能不受影響。別人買了新房，添了家具；我們的房子卻越來越破。但是，我們的家有孩子的笑聲。

六歲的哥哥和兩歲的妹妹一起玩耍的場面，不可能用文字記錄下來；實在太荒謬了。西方有個精神科醫生說：從他專業的角度來看，每個孩子都是患者。我明白人家的邏輯，雖然可憐他不會以愛心去理解小朋友。孩子們看到的世界、他們的喜怒哀樂，都跟大人截然不同，於是充滿發現與驚喜。

看著他們，我常常想起，好久好久以前，我自己小時候發生過的種種事情，也偶爾會想像到，更久更久以前，我們都還沒有出生以前，這地球上可能上演過的種種故事，換句話說，神遊逍遙於神話時代裡去。這想像，就是孩子們送給我的寶貴禮物。

鋼琴情結

　　曾有一度被禁止，因而成為崇拜對象的鋼琴，
對我們來說不是單純的物品，而近乎童年夢想本身了。

一九六〇年代，在我小時候的日本，普通老百姓拚命存錢要買的「三大件」，乃彩電、洗衣機、電冰箱。稍微寬裕的家庭，則女兒一到上學的年齡就買了鋼琴。

同班同學當中，家裡有鋼琴的算少數。去她們家看到黑黝黝的YAMAHA牌鋼琴，簡直就是上層階級的標誌。母親告訴我：一架鋼琴值三十多萬日圓，比普通上班族的月薪多兩倍。

相比之下，我家有的KAWAI牌電風琴，才一萬日圓左右。剛買時，我還是個天真的托兒所小朋友。每星期上KAWAI公司舉辦的音樂班，跟一批同學一起彈琴唱歌，回家後在父母兄弟面前表演，心情滿好的。

誰料到，一上小學，忽然間身邊出現了好多富家名媛們。BEYER、CZERNY、SONATINE、SONATA等神祕的外文詞，我平生第一次聽到有人講。

多年後，我才得知前兩者是德國、奧地利作曲家

的名字，後兩者則是指某種音樂形式的義大利文單詞。當時，只好靠直觀猜測，那些外語是她們所用的鋼琴教材名稱，多麼想自己也得到。我嚮往之強烈，幾乎接近絕望。

・童話裡的公主

關於我家的經濟情況，母親從來沒有對孩子們解釋清楚。所以，我一方面錯誤地以為家裡比較富裕，另一方面搞不明白為甚麼買不起鋼琴。

「你想要？那麼，我們就買吧。」

她弄來了一份商品介紹單。最便宜的是二十八萬日圓，其次則是三十七萬。

「既然買則不用買最便宜的。這三十七萬的看起來不錯吧。」她滿認真地說。實際上，我們根本不知道鋼琴的好壞。

「但是，你知道最近有新商品叫ELECTONE嗎？聽說是電子琴，可以發出好多種不同的音色呢，」母親很熱心地遊說，「而且價錢比鋼琴便宜。六十萬就

能買最高級的一種。你要不要？」

我們就那樣說定了。只是，她諾言永遠不兌現。整個小學年代，我都等待有一天母親為我買最高級的電子琴。

在學校，音樂老師經常叫一些同學在課堂上彈鋼琴。

「誰會彈？已經到了SONATINE沒有？」

幾個女同學舉手到前邊，輪流在鋼琴椅子上坐下來，把兩條腿搖動著，為大家的合唱彈伴奏。平時不顯眼，功課也不怎麼好的女孩們，這時候在我眼裡，簡直跟童話裡的公主一般高貴。

現在回想都很慚愧，當年的我很虛偽，不肯承認家裡沒有鋼琴的。在別人面前，一貫假裝著在家跟老師學鋼琴，實際上一個人默默地練習電風琴而已。可是，畢竟連鋼琴課本都無法得到，我跟名媛們的距離越來越遠。

音樂老師當初也叫我伴奏過，但是很快發現了我不僅不會彈而且沒正式學過，叫我羞得恨不得找個地

縫鑽進去。

　　終於小學畢業，上了中學，身邊的同學都換新，再也不用裝作會彈鋼琴了。同時，我也死了心：這輩子，母親是絕對不會為我買鋼琴、電子琴的。

・音樂愛好者

　　轉眼之間，過了二十年，我三十五歲結婚的對象是音樂愛好者。

　　他會彈鋼琴、彈吉他，也會拉小提琴、拉二胡。櫃子裡裝滿著從合成器到揚琴、椰胡的各種樂器。不僅如此，他也學過音樂理論、作曲法，甚至有部作品在NHK電視台上播送過。

　　當初，我猜他經歷跟我完全相反，恐怕是從小受良好的音樂教育長大的。然而，他搖著頭說：「根本不是那麼回事。雖然家裡有鋼琴，但是專門屬於妹妹的。不管我幾次提出要求，父母都不讓我跟老師學音樂。」

　　老一輩的日本父母，往往希望兒子多動身體長得

健壯，不要老關在屋子裡。老公小時候的家境也不是非常好；他父母為女兒買了鋼琴、找了老師，也許資金都用光了，負擔不起兒子的學費都說不定。

可是，這兒子意志特別堅強，一定要學鋼琴的。他趁家人不在，打開鋼琴側板，仔細研究了內部結構如何。然後，偷看妹妹的BEYER、CZERNY、SONATINE、SONATA，一本又一本地自學下去。然後去書店找專業理論書，開始作曲。把作品投給NHK時，還是個初中生。

上了高中以後，他參加交響樂團，要拉小提琴，請同學當家庭教師。來東京上大學後，更找專業演奏家學。

至今，鋼琴和小提琴是他生活中絕不可缺少的兩環節。當初父母出錢請老師的他妹妹早就不彈鋼琴了。可是，留在娘家的YAMAHA牌鋼琴，她以為是屬於自己的財產，絕不同意哥哥帶走。

·童年的夢想

所以，我們結婚以後，要共同買的第一件貴重物品，非鋼琴莫屬了。

正好那時候，家附近的鋼琴店陳列出從中國進口的第一架鋼琴，看樣子比日本製造的花稍華麗，牌名為PEARL RIVER，即珠江，恰巧是我們曾去婚前旅行的舊遊之地，好像特有緣分。老闆說內部結構採用德國技術，質量可靠。我們當場就決定買了。價錢為四十五萬日圓。

按道理，單身人士也可以買鋼琴。不過，我們是結婚有了伴兒以後，才敢買鋼琴的。跟三十年前比較，價錢相對合理了，比兩人去歐洲旅行便宜。儘管如此，曾有一度被禁止，因而成為崇拜對象的鋼琴，對我們來說不是單純的物品，而近乎童年夢想本身了。

我們買的是所謂SPINET式鋼琴，彷彿歐洲十六、十七世紀的老樂器，紅褐色木板上配了黃金色把子，浪漫漂亮地特別合我們的口味。來訪的朋友們也常讚揚，使主人格外高興。

·家庭鋼琴班

當兒子出生時，我們自然講到該甚麼時候為他找位鋼琴老師。他的幼稚園同學們，很多剛滿四歲就開始學鋼琴。我問了兒子想不想。他搖頭說：寧願學芭蕾舞。

好啊。芭蕾舞。既有古典音樂又動身體，算是理想的情操教育吧。過了半年一年，他還是高高興興地上芭蕾舞班。至於鋼琴，偶然跟父親一起玩，就夠滿意的樣子。

然後，到了五歲的暑假。

每天在家，兒子明顯發悶。有一天，他問父親：「爸爸彈鋼琴、拉小提琴時候看樂譜。幼稚園的女同學們也會看。我可以學嗎？」

於是父子倆手拉手到樂器店去，買了空白的五線紙。

從此，每週兩次，老公教兒子怎樣看寫五線譜。其他五天，則兒子自己練習看著樂譜動指頭。

一開始，老公教的曲調很簡單，兒子練習也不大費事。但是，逐漸難起來，到了年底，雙手動得挺複雜，我做母親的都無法幫兒子溫習了。

兒子很喜歡音樂，也很尊敬父親，每天每天認真練習，從來不埋怨。不過，有時候，從幼稚園回來已經很累。尤其，在聖誕發表會的前幾天，排練節目很緊張。回到家，打開鋼琴，但是在椅子上躺下來，不能起來了。

老公是嚴厲的老師，不允許兒子偷懶，看到那樣子說：「樂器是一定要天天練習的，否則不會進步。你要是今天偷懶，學到昨天的都會丟掉呢！」

兒子勉強起來，咬著嘴唇，忍住眼淚，開始練習。但是，不久在前額上出現紅疹。

我馬上帶他去皮膚科。

大夫說：「這是蕁麻疹。身體疲倦或者精神壓力太大的時候會得的。太太，您想到甚麼原因嗎？」

我當然想到。於是告訴老公、兒子說：家庭鋼琴班得休息幾天。

但是，兒子已經習慣了每天一定練習；如果不練習他就感到不安。所以，他還是主動打開鋼琴蓋。看到那樣子老公很滿意。受到父親讚揚，兒子更加努力。我在旁邊看著，不知道該高興還是該難過。

·父母製造學習環境

一個月過去了。有一天，幼稚園放學時候，園長要找我說話。她注意到最近我兒子經常摸著兩腿中間，懷疑有甚麼皮膚病或者炎症。

帶他去醫院，小兒科大夫診斷說：「身體方面完全健康。小朋友的行為是精神壓力所造成的。太太您想到原因嗎？」

我講到家庭鋼琴班的情況，大夫馬上說：「顯然您兒子不能反抗父親。非得您馬上干預讓他們停止不可。否則會留下精神創傷了。您得知道：父母是不能兼任老師的。」

那晚，我跟老公慢慢談大夫的診斷。不出乎我的預料，他當初有點生氣。但是，冷靜下來後，嘆了口

氣說：「聽起來有道理。」

當我們宣布鋼琴班暫且停課時，兒子沒有表示任何情緒。恐怕壓力眞的太大了。究竟高興還是不高興，他都不敢表現出來的樣子。

幼稚園園長後來跟我說：「父母至多能製造環境而已。你先生自己欣賞彈鋼琴，小朋友看著，自然也會愛上音樂的。那是最好的教育。老實說，我自己都犯過同樣的錯誤。兒子小時候，親自教了幾年鋼琴，直到有一天他決然拒絕，讓我受到深刻的震撼。」

我沒有問她是否也有鋼琴情結。

便當的味道

給兒子做好吃好看的便當，
其實也為了安慰鼓勵當年感到絕望的小女孩。
我很想告訴她：不要緊的，有一天，
你自己做精緻美味的便當給心愛的人吃，一切都會好的。

兒子快要幼稚園畢業，我做便當的日子也告一段落了。過去三年來，每星期一、二、四、五，我都為他做了便當。

　　當初，三歲小孩子吃得很少，用的便當盒是最小的一種。然後，隨著身體成長，飯量也逐漸大起來，買了較大的便當盒。沒多久，他又提出：「我想要兩層式的。上面填菜肴，下面塞米飯。其他男同學都是啊。」這些日子，五歲男孩吃的份量跟他媽媽差不多了。

　　如果沒生孩子，我大概一輩子都學不會怎樣只用一只雞蛋來燒小小的蛋捲，或者用玻璃紙製作迷你飯糰。更不用說把蘋果切成兔子形，香腸加工成章魚形的技術啦！

　　外人常批評如今的媽媽一族做孩子的便當都利用冷凍食品。的確，我都總是在冰箱裡裝備著幾種，例如：毛豆、雞肉丸、漢堡、蝦仁。儘管如此，在那小

小的便當盒裡，另外要填的飯糰、蛋捲、蔬菜、水果等幾樣東西，還是非得親手做不可的。大家忙碌的早上，同時準備便當和早飯，著實是一門學問。

．甜味三明治

我在多倫多同住的日裔加拿大人櫻子，每天上班之前做三明治便當。兩塊麵包中間夾住黃奶油、生菜、火腿片和一點沙拉醬，然後放進密封塑膠袋子去就行，整個過程才需要三分鐘而已。有時，她加上一粒蘋果或一塊乳酪，那樣子比普通加拿大人的午餐豪華多了。

當地人把棕色紙袋叫作「sandwich bag」，經常用來裝三明治。我始終覺得很難接受，因為日本人習慣用花布來包便當盒。比方說，我兒子用的是橙色底、檸檬色繩子的布袋子。用辦公室用品般的棕色紙袋或者新聞紙包住便當盒的，在日本只有單身勞工。

不過，入鄉隨俗是人之常性。住在多倫多的日本孩子們，每天上學時，一定把三明治放進棕色紙袋帶

去。

「否則會有人笑。」一位母親解釋說。

「我當初不了解情況，做飯糰叫孩子帶去。結果，被白人同學嘲笑得厲害。之後，我專門做三明治了。」說三明治，也跟我們在日本習慣吃的不一樣。

「兩塊麵包中間夾住的，一定是花生醬和果醬，或者香蕉。其他東西如火腿、雞蛋、黃瓜等，一律不成。而且，麵包邊兒是不可以切掉的，三明治是不可以切小的。」也就是說，把整個的甜味三明治，用雙手拿著一口氣吃掉，才是加拿大小孩認為酷的午餐。

有趣的是，到了星期六，那些小學生卻個個都帶飯糰來日本學校，又不外是「否則會有人笑」的緣故。

·沒有免費的午餐

我當時做老師，每週末觀察到小朋友帶來的便當。真是跟在日本的一模一樣！首先是蓋子上印有小叮噹、小丸子等卡通人物的便當盒，然後是粉藍、粉

紅的筷子箱，還有把兩者扣在一起的橡皮帶。最外邊則是請母親縫好的花布袋。便當盒裡，當然有紫菜飯糰、蛋捲、章魚形香腸和兔子形蘋果。全是「爲了不讓小朋友忘記祖國的飲食文化」。因爲安大略省中西部只有一家日本學校，有些學生早上五、六點鐘就離開家往學校出發；他們的母親到底幾點鐘起床開始做便當的？

一個同學帶來的便當非常突出。每週每週，他從花布袋拿出來三層式的高級漆器盒。裡面裝滿的各種菜肴，簡直可以拍照而出懷石料理的教科書。

「哎呀！眞漂亮！一定很好吃吧？」有一次，我禁不住感嘆出來了。我當時沒本事做自己的便當，何況是純粹日本式的，因而只好到了中午就出去買肯德基炸雞的午餐套餐。至於其他日本老師，則幾乎都吃自己或太太做的日本式便當。

誰料到，從第二個星期起，那位同學開始帶兩套便當盒上課了。

「母親告訴我，一個是給新井老師吃的。」小朋

友很天眞地說。這麼一來，我感到進退兩難。在大家面前吃一個學生送我的豪華便當，好像有偏心之嫌。但是，人家既然帶來了，不吃也不禮貌。再說，那便當做得實在精緻細心，叫人特難拒絕。

英語有句俗話說「世上沒有免費的午餐」，何況我吃的是在加拿大那麼難得的正宗懷石料理！

不久我開始在家接到那同學母親打來的電話了。原來，她是日本銀行家的太太，隨丈夫帶獨生兒搬來人生地不熟的西方，專心料理家務、教育孩子，也許太認眞緊張了，明顯患有神經衰弱的。

「因爲我兒子成績好，公文式的優秀學生名單上常出現他名字，結果得罪了同學們的母親。上次，我接孩子下課時，某家長看見了我都不打招呼，一定是不高興我兒子成績好的緣故。她在加拿大時間長，算是家長中的領袖，會不會命令其他人也一樣跟我保持距離？」

一來電話便是兩個鐘頭，每星期至少兩、三次，我認爲遠遠超越小學老師的職務，可是很難讓對方明

白，何況幾次吃過豪華懷石料理便當以後！

我最後只好辭掉日本小學了。

·便當惡夢

回想在東京長大的小時候，我對便當沒有快樂的記憶。母親對做飯始終不熱心。

我三歲以後，每天中午吃托兒所提供的伙食。有一天，要遠足去郊外，大家破例帶家裡做的便當來。到了中午，同學們打開小盒子，裡面有飯糰、蛋捲、章魚形香腸和兔子形蘋果。

只有我一個人不會打開盒子。因為母親讓我帶的不是她自己做的便當，而是從壽司店買來的瓠瓜條紫菜捲。老師幫我除去了外邊捆得緊緊的塑膠繩子，然後撕掉印有店名的包裝紙，終於出現了薄木片盒子中裝了滿滿的壽司。做得專業，味道不錯，但畢竟是隔夜的食物，而且不是母親做的，我沒吃幾口就合上了蓋子。老師看見了都沒說甚麼，大概心中同情我的。

小學三年級的時候，班裡有個女同學，每次遠足

時，帶來玻璃紙捲的三明治。那是她母親的拿手菜，看起來很漂亮。發光的玻璃紙上繫了紅綠黃各色的蝴蝶形絲帶，裝在籐籠裡的樣子，簡直跟花壇一般華麗。

她邊吃邊講：「母親擔心我吃多了會胖。所以，讓我帶這些呢。她說，剝玻璃紙吃力，結果三明治可以吃得少一些。」

實際上，她並不胖；我自己體重比她多得多。我羨慕她，因為她母親不僅會做那麼精緻的三明治，而且有心眼為女兒的外表和自尊著想。

初中一年級時候的班主任是年輕單身的男老師。跟很多女同學一樣，我也很愛慕他。有一次，在遠足的前一天，他講道：「因為我一個人住，沒人給我做明天的便當。」我不管三七二十一，主動向他答應說：「沒問題。我請母親做兩個便當，送給您一個就是了。」

我多麼希望母親就在這一次，細心做出好吃好看的便當。但是，她對做飯徹底缺乏才能。首先，選擇

的容器完全不對。便當盒嘛，應該能夠密封的，否則汁兒甚麼的會漏出來。誰料到，她偏偏拿來超市賣菜時候用的長方形白色塑膠盤子，上面放了米飯和帶汁兒的紅燒菜和鹹菜，只蓋上一張玻璃紙以後，用報紙包住了！

老師不知道我當天早上交給他的便當沒有牢固的外盒保護著，隨便放進背包裡，然後丟到巴士後面的行李架上去了。我看見其他人的背包一個一個地壓住老師的背包，容易想像到母親做的便當不僅已經壓扁得不成樣子，而且紅燒菜的汁兒都漏出來，輕鬆通過報紙，弄髒了老師的私人物品。到了中午，他把便當拿出來時候的表情，我是一輩子都不會忘記的。驚訝和傷心，稍後變成了輕蔑。

我自己打開濕透的報紙，幾乎感到絕望。便當嘛，應該顏色調和得漂亮才行。偷看別人的午飯，都有黃色的雞蛋、綠色的菠菜、紅色的櫻桃等等，簡直跟蠟筆盒一般美麗。然而，我的便當上，除了褐色只有棕色，從頭到尾全是醬油的顏色。

·找回童年的捷徑

過去三年，我每週四次做兒子的便當，手藝逐漸高起來，有時候自己都覺得很滿意。這些日子，他最喜歡吃我用燻鮭魚片做的握壽司。在便當盒的上層填六個壽司進去，在下層則塞黃色的蛋捲、綠色的醃黃瓜、咖啡色的香腸和紅色的草莓。心中想像他在幼稚園打開便當盒時候驚喜的表情，我感到非常高興。

我發現：使孩子快樂是找回童年的捷徑。給兒子做好吃好看的便當，其實也為了安慰鼓勵當年感到絕望的小女孩。我很想告訴她：不要緊的，有一天，你自己做精緻美味的便當給心愛的人吃，一切都會好的。

汽車與手機

坐在車上看世界，始終隔著一張玻璃，
不如自己的兩條腿直接站在大地上，用自己的皮膚直接感覺到迎面而颸的風。

兒子五歲時有了個抱負：長大以後買汽車和手機。

「上了中學，你就給我買手機吧！能拍照那種，拜託！汽車要等到十八歲，拿到了駕駛證再說！我是一定要買吉普車的！」他很興奮地說。

幼稚園的同班同學二十七名當中，家裡沒有汽車的只有他一個，父母都沒有手機的也只有他一個。

剛發現這事實時，他多次對我們遊說道：「有個東西，我非常想要呢。可不可以給我買？那是汽車。不是玩具，而是真的，也不是計程車，是爸爸媽媽開的。」他表情、眼神特別認真。

我總是一樣回答說：「那麼，你快長大考取駕駛證，帶爸爸媽媽到處飛跑吧！因為我們都不會開車。」

那是真的。老公從來沒學過。我則放棄駕駛證已經十多年了。這年頭，在日本，不會開車的人比不會

騎車的人還少見。五體完善的夫妻倆，雙雙沒有駕駛證的家庭，簡直面臨著絕滅危機。

我問過老公，爲甚麼學生時代人人都去學開車，偏偏他一個人沒有？何況他是以風流聞名的慶應大學校友？他直搖頭，想不出理由似的。

也好。因爲他愛喝酒到每天一定要乾半打罐裝啤酒的地步；即使有駕駛證，合法使用的機會恐怕非常少。再說，我愛喝酒的程度也並不亞於他，只是對紅酒有偏愛而已。如果每次出去，總是他一個人喝，而我爲了開車不能喝的話，保證會傷和氣了。

所以，兩人都沒有駕駛證，除了對環境友善以外，還可以說是家庭圓滿的基礎。

· 提前結束開車生涯

不過，我十多年前放棄駕駛證，並不是爲了合法喝酒，而是被人禁止開車的。

當時，我在日本報社做事。公司規定地方分社的記者出去採訪，一必須帶自己的照相機，二必須開自

己的汽車。我本來沒有駕駛證也沒有汽車，於是開始上班以前，匆忙上學考取駕駛證，也自己負擔買了一輛舊汽車，乃深紅色的本田CITY，價錢三十八萬日圓整。至於照相機，父親給我買一部NIKON當就職賀禮。

剛大學畢業的二十五歲，平生第一次工作，第一次自己租公寓住。按道理，紅色小轎車應該代表獨立愉快的單身生活。

然而，從小令我頭疼的運動能力之差，惡夢般地影響我舒適兜風的計畫。結果，在北都仙台待的五個月裡，我出車禍多達五次。那還不包括每天進出車庫時，一定碰撞牆壁，擦傷自己和別人的車身在內，而且我當時負責社會新聞，每天在市內幾所警察局間來回跑，慌忙啓動汽車時碰撞的，不是警察局的外壁就是鋥亮的警車！

記得第四次出事故時，我在十字路口要往左拐，誰料到忽然間，面前有不知甚麼時候從天上掉下來的一輛計程車。我的車子一撞上，人家的車門就癟掉

了。開汽車的都知道，計程車司機最不好惹，當時幸好我有記者證，否則後果會多麼麻煩連想像都夠恐怖了。

·昂貴的保險費用

然而，實在太糟糕的是第五次。我正要在路邊停車之際，不知怎地，輪胎自動轉了幾回，輕輕碰撞了前邊的汽車。看到下車走過來的男人，我嚇得心臟都幾乎停頓了。他戴著墨鏡，穿著黑襯衫，皮帶和皮鞋則是雪白的，乃標準的黑社會分子打扮！

不幸中的大幸是我為工作開車，保險費由公司付。一次又一次，我給東京總部保險部門打電話而老老實實地做報告。到了第五次，對方終於宣布道：「你出事的頻率太高，保險費異常貴了。公司不可能再負擔下去，你得停用自家車。從此出去採訪，請改坐計程車。」

我完全同意他們的決定。除了笨手笨腳不好操縱車子以外，我視野的盲點也好像特別大，甚至腦袋有

更嚴重的毛病都說不定。總之，開車對自己、對別人、對世界都實在太危險。這樣子，我的開車生涯就到了頭兒。花三十八萬日圓買的紅色本田 CITY，以十五萬轉讓給娶了日本老婆的澳洲籍英語老師了。

後來，搬到人人開車的加拿大生活好幾年，我也沒有申請過駕駛證。即使別人以為既笨又傻而且瘋狂，我本人與其開車闖世界出事故，寧願乖乖地坐火車、公車、地下鐵，太平無事過日子。

因為沒有汽車，這些年無論身在哪個國家，我都選擇在公共交通方便的地點找房子住。多倫多的聖帕特里克站、香港的金鐘站等等，在我記憶裡，生活的每一段都有相應的地鐵站。出門旅遊也全靠公共交通工具，實在沒有辦法時，才叫計程車坐。

·散步代替開車

所以，結婚以前，當老公問我他沒有駕駛證我會不會介意之際，自然馬上搖頭否定了。

「不會的。只是，有了孩子以後，也許開汽車會

方便些。」我說過。

「的確。」他也同意過。

然而，至今幾年，有了兩個小孩，我們到哪裡去都仍舊坐火車、公車、地下鐵，否則徒步、騎自行車。因為沒有汽車的生活自由自在得很。在我看來，人們為了開車而做的犧牲、所放棄的樂趣，早已不成比例了。

如今在日本，喝酒駕駛被罰款一次，就買得起一輛舊汽車，再加上同坐者付的罰金的話，說不定廉價新車都可以買了。

於是，今天的小伙子們晚上約女朋友出去兜風，到了浪漫的海邊餐廳都不敢叫杯啤酒喝。坐在對面的小姐，單單一個人喝雞尾酒也沒有意思，只好兩人一起喝可樂、蘋果汁等兒童飲料。真掃興透了。

至於已婚男女，為了決定誰喝酒而暗鬥的情形相當普遍。

上次跟兩對夫妻到郊外公園去，要在湖邊露天餐廳坐下來邊喝東西邊聊天。從櫃台買飲料回來的三位

丈夫當中，只有我老公兩手都拿著生啤酒杯。其他兩位，則一隻手拿著生啤酒，另一隻手拿著烏梅蘇打（標準的代替飲料），與在大陽傘下等待的妻子們各自用眼神展開了無言卻極其激烈的鬥爭。

結果，喝到了冰涼生啤酒的一位先生和一位太太，表情爽朗如秋季晴天；相比之下，他們的配偶慢慢嚐甜不拉嘰的烏梅蘇打的樣子明顯充滿著怨恨和憤怒。

很多次，我勸過他們，下次一起去玩不用開車來。他們每次同意說：「一定。那樣才能喝得痛快。」但是，到了下一次，還是仍舊開車來，而又一次鬧不愉快。

我猜想：開車會上癮，習慣了以後不能不開的。否則很難解釋，人家為了開車願意接受那麼多麻煩。

比如說，每逢假日，日本全國的遊樂地點，人多車多得找不到地方停車。今年四月初的星期天，有個朋友開車到小金井公園看櫻花去，為了停車竟等待兩個鐘頭，小孩子想撒尿都沒有辦法，終於進去的時

候，大家都早已疲倦。同一天，我們則僅走五分鐘的路去附近林蔭大道下鋪蓆子，邊賞櫻花邊吃喝，舒服極了。

五月黃金週，另一個朋友開車去昭和紀念公園燒烤，但是停車場全滿，等了一個鐘頭都沒有進展，只好改到家附近的多摩川邊去。同一天，我們則一開始就帶著燒烤用品騎車到那裡去，輕鬆免費地占領了最好的位子。

又例如，東京的老字號餐廳，大多在舊城民房密集的地方，周圍停車特別困難。習慣開車的人，即使家在市區，都不可能到小巷子裡的名店吃老江戶風味，反而只好到郊外大馬路邊的連鎖餐廳吃十年如一日的奶油鮭魚義大利麵配可樂。

總之，我已經很多年沒有開汽車而生活得滿快樂。坐在車上看世界，始終隔著一張玻璃，不如用自己的兩條腿直接站在大地上，用自己的皮膚直接感覺到迎面而颳的風。

我和老公除了美酒和美味以外，還有一個共同愛

好，那就是散步。只要天氣好，拉著兒子的手，推著女兒坐的嬰兒車，我們會走上大半天。

· 手機反感症候

我沒有手機也是記者時代留下來的後遺症。當年手機還沒普及，我得整天隨身帶的是傳呼機，連三更半夜都被上司呼出來挨罵，辭職以後多年都對類似機器很有反感。

不過，手機的功能越來越多元化，今天除了通話以外，還可以上網、做電子交易等等。我明白，它早晚成為每人生活中不可缺乏的重要工具。尤其對今後長大的兒子一代來說，一定需要的了。

然而，汽車還是另外一回事。

日本很多家庭在汽車上花的金錢，從車子的分期付款到停車場費、保險費、油費等全加起來，比伙食費還多的。

這豈不是本末倒置嗎？

除了汽車會排出的廢氣污染空氣以外，我還真覺得大家不如吃喝得好一點呢！

寂寞的餐桌

找來找去，就是找不到全家團聚的歡樂氣氛。
　　日本家庭的食桌，甚麼時候淪落為如此寂寞的樣子。

我從小想做個透明人，爲的是偷偷地溜進別人家裡去。

平時訪問別人家，雖然很令人興奮，可惜始終不夠自然。花瓶裡的玫瑰應該是剛才匆匆去買的，桌子上擺的山珍海味更絕不可能是家常便飯。

沒有外人在的時候，人家到底吃甚麼東西？說甚麼話？過甚麼樣的日子？……一貫是我人生最大的迷。未料，最近問世的一本書終於讓我窺見了普通日本人的家庭生活。

結果呢？

猶如打開了潘朵拉的盒子一般……

那是岩村暢子寫，由勁草書房出版的《變化中的家庭、變化中的餐桌》。一九五三年在北海道出生，畢業於法政大學社會心理學專業的她，目前在ASATUS 廣告公司做家庭設計室主任。從一九九八年到二〇〇二年，該部門連續六次進行了對於中產階級

日本家庭的飲食生活調查，樣本為一九六○年以後出生而目前在東京附近生育孩子的家庭主婦。

調查分三個階段：

一、首先填寫調查表，乃關於做飯習慣以及對飲食的想法。

二、請同一批人寫詳細的飲食日記；連續一個星期，全家三頓飯的具體內容，包括在哪裡買了材料、由誰做飯、由誰吃、幾點鐘吃等統統記錄下來，並且拍攝照片當證據。

三、對每一個人進行面談，細問調查表上的回答和具體生活的巨大差異是如何發生的。

·日本餐桌實況

這項調查，雖然規模不大，樣本總數才111人而已，但強勢是做得特別細。一個星期二十一頓飯，乘以111個家庭，結果得了2331張日本餐桌的真實照片。

部分照片收錄在書裡。而這些照片所表現出來的

二十一世紀初普通日本家庭的飲食生活，跟我們平時在電視烹調節目中或者婦女雜誌彩頁上看到的照片多麼不一樣！

一張照片裡，只看到六個紫菜包飯糰，是便利店買來的，以及塑膠瓶裝的茶水。附箋說這是母子三人的「第五天晚餐」。日記寫：「九歲和六歲的兩個孩子，下午要上書法班和鋼琴班，回到家時已經很晚，加上他們中間吃了很多零食，晚飯只吃了便利店飯糰而已。」岩村解釋說，對如今的日本母親來講，接送孩子上課外活動比做飯還重要。

另一張照片，乃某家庭的「第二天早餐」，內容為袋子上印有電視卡通人物 POKEMON 的巧克力牛角麵包和鮮奶。日記寫：「我希望孩子每天早上高高興興吃早飯，快快樂樂上幼稚園去，所以叫他決定吃甚麼，做父母的也吃一樣的東西。」岩村說，這是日本餐桌以孩子為中心的表現。

一張照片（「第六天午飯」）裡，母親為兩個孩子做義大利麵，「十歲女兒要吃番茄味，七歲兒子則要

吃鱈魚子味的，結果兩種都做了。」用的是從超市買來的袋裝醬。

任性的不僅是小朋友。在別的家庭，吃「第一天晚飯」時，主婦做好了漢堡式肉餅，但是先生說不愛吃，自己從廚房拿來袋裝咖哩倒在米飯上吃了。

·孤食

這幾年，日本媒體常用的新詞兒叫「個食」或「孤食」，意味著餐桌不再是家人團聚的地方，而成為個個成員分別在不同時候就餐的場所。書中不乏例子。

譬如：「傍晚做了牛肉炒洋白菜和南瓜味噌湯。七點鐘，先讓三歲女兒吃；小學生兒子從補習班回來以後，九點一刻吃；丈夫十點四十五分醉醺醺回家而說不想吃肉，只吃一碗茶泡飯；我自己則甚麼也沒吃。」

在新書裡，岩村進一步說，目前的潮流是「各行其飯」。即使同一時間就餐，每人吃的東西完全不一

樣。

比如說，三十九歲的家庭主婦，某一早上為全家
七口子準備的早餐為：「七點鐘，丈夫照樣吃薄土司
和即溶咖啡。差不多同一時間，公公婆婆也就餐，但
是公公吃厚土司配果醬、香蕉，喝牛奶，婆婆則吃山
型土司配火腿，喝咖啡。從七點十分起，三個孩子分
別就餐。長男要吃比薩土司、酸奶、麥茶。次男則要
吃速食麵。三男拒絕早就準備好的比薩土司而要求我
改做黃奶油土司，並自己從冰箱拿出蘋果汁喝。七點
四十分，我一個人吃孩子剩下的比薩土司和酸奶，喝
即溶咖啡。」

這麼一來，主婦的任務跟傳統燒飯很不一樣了，
簡直開食堂一般。因此在很多家庭，主婦不再自己動
手做飯，反而從超市便利店買來多種速食品裝滿冰箱
了。

・傳統日本菜肴日漸沒落

看完《變化中的家庭、變化中的餐桌》，我最大

的感想是「寂寞」。找來找去，就是找不到全家團聚的歡樂氣氛。日本家庭的食桌，甚麼時候淪落為如此寂寞的樣子？

其實，我自己也是調查對象的同代人。岩村報告說：「超過兩千的個案當中，主婦自己從市場買來整條魚處理烹調的例子只有一次，多數人的選擇是已切好而少骨頭的鮭魚。同樣道理，蔬菜中受歡迎的是迷你番茄和冷凍毛豆，水果中受歡迎的是草莓、櫻桃和香蕉，因為都洗淨方便而不用切。傳統日本菜看如茶碗蒸、煮豆等，調查中連一次都沒有出現過。自己做天婦羅等油炸食品的屬於少數，其他人都從超市買既成品來。」我一方面很吃驚，另一方面又自言自語道「可不是」。

今天三十歲、四十歲的日本女人，大多在結婚以前沒跟母親學過做飯。因為我們的母親在戰敗國長大，以為外國菜比日本菜先進有營養，於是引進漢堡、義大利麵、麻婆豆腐等等外國風味到家庭裡來，卻不知道正式的作法，只好去超市買大量生產的既成

品或者盒裝、袋裝、瓶裝的綜合調味料。

·餐桌失去凝聚力

回想我小時候，雖然也吃了茶碗蒸、煮豆等，但是用各種綜合調味料做的外來菜肴逐漸占主流了。當時的母親沒有給女兒傳授烹調技術；一方面希望下一代用功學習做獨立的職業女性，另一方面是對自己所做的假外國菜缺乏信心的緣故。

婚前沒燒過飯的女人，新婚時期一般會努力學烹調。但是，畢竟根基薄，有了孩子就忙不過來，只好給寶寶吃瓶裝的斷奶食，自己則吃便利店的盒飯。岩村指出，「各行其飯」就是這時候開始的。

今天的丈夫一族也跟老一輩非常不一樣。從前在日本電影裡經常出現一對菜肴不滿意就翻桌子的兇暴丈夫，幸虧那種男人早就絕滅了。今天的日本老公加班晚回家時，很多會乖乖地到便利店去買自己的飯菜，而不會吵醒已睡著的妻子。

生活的現代化、國際化、便利化，人們長期以為

是進步。誰料到,傳統飲食習慣遭破壞的後果,餐桌失去了對於各成員的凝聚力,今天的日本家庭簡直是一盤散沙。

《變化中的家庭、變化中的餐桌》自從二〇〇三年四月出版後,在半年內重印了五次,可見這本書引起的反響不小。很多人的印象裡,日本菜以「三菜一湯」為標準,盛好各自的小盤子後擺在桌子上,大家說「itadakimasu」,同時開始吃。然而,岩村說,那種情景在日本人的現實生活中早已找不到,可以說是「幻想中的餐桌」了。

反之,到處都是家庭內自助餐。

大家分別打開冰箱、櫃子拿出來速食品、飲料、甜點吃。即使主婦做了沙拉,每人要倒不同種類的醬吃。若是在三十年以前,這種行為一定挨父母的罵。嚴父失去了權威說不定給家庭帶來了和平的氣氛,但是連慈母都失去了權威。

・飲食起死回生的轉機

今天的日本家庭好比是孩子的王國。做父母的並不是受孩子的壓迫；而自己都永遠做孩子的。越來越多主婦，若想吃得好，則帶丈夫孩子去娘家一天，從早到晚享受老一輩女人傾注心血做的精緻料理。

雖然現狀很寂寞，然而凡事會有物極必反的時刻。最近老字號出版社生活手冊社創刊的新雜誌叫《FOOD TERRACE》，內容推行發源於義大利的慢餐運動，讓讀者重新認識各地傳統食品的優勢。

上世紀後半，減少家務的負擔是全世界支持的目標，結果美國式快餐生活席捲全球，歷史悠久的飲食習慣面臨絕滅危機。

《變化中的家庭、變化中的餐桌》叫日本人面對長期被忽視的重大變化。雖然現狀慘不忍睹，但是任何改革都從正視現實開始。正如在古希臘神話裡，打開潘朵拉的盒子時，一切災害罪惡全跑出來，最後留下來的是「希望」，但願岩村劃時代的調查結果成為日本人的飲食習慣起死回生的轉機。

鹹菜和梅酒

晚上，大家睡著了以後，偷偷地到廚房去，
打開玻璃瓶蓋，往杯子裡倒滿梅酒，一個人啜一口又一口時，
說不定我才真正嚐得到做日本女人的滋味來。

我小時候，每一頓飯桌上，一定出現母親自己醃的鹹菜。

從十月到三月，東京的天氣寒冷的日子裡，天天都吃泡白菜。回想起來，當年的白菜比現在大得多。這些年，日本家庭平均人口減少，吃不了多少蔬菜，迫使可憐的大白菜變成小白菜了。

從前可不同。母親買白菜，一次要買六到八顆特大的。重得沒法子自己帶回家，只好託戴著棒球帽的蔬菜店老闆開三輪汽車搬運。他工作效率特別高，往往母親還沒回到家以前，門外已經堆高了兩個一對，總共三、四層的大白菜。

新鮮的白菜看起來都很可愛，白白的菜葉肥得猶如小娃娃的屁股。經幾天在外面吹風，稍微減肥變老以後，母親拿起菜刀把每顆切成兩半。廚房門邊的巨大的桶子裡，一層一層地壓白菜進去，也一層一層地撒把鹽，最上面的木頭蓋子上安放了一塊大石頭，過

幾天就能吃泡白菜了。

材料、作法都那麼簡單，吃起來味道又單純無比，但是天天吃也吃不膩。有時，一天吃三次還不夠，下午喝茶的時候也當零食吃。那年代的日本人根本不關心甚麼鹽分、添加物對健康的影響。母親切好泡白菜，就自動撒味精、倒醬油，現在回想起來，不能不覺得有所野蠻了。

· 重現味道

結婚第一年的冬天，我想起小時候常吃的味道，自己也買來一顆白菜和小型塑料桶子，在公寓陽台上揮菜刀，試試醃白菜。從小觀察母親的動作，我熟知作法，但是醃出來的味道就差很遠了。

好像醃菜需要一定份量的材料，否則醃不出味道來的。可是，今天的生活方式跟當年不一樣。我們不會天天三頓飯一定吃泡白菜的，何況當作零食。

說實在，如今吃純正日本菜的機會，平均起來，一天才一次而已。其他時候則吃麵包、義大利麵、牛

排、烤雞、炸馬鈴薯，或水餃、餛飩、炸醬麵，下午喝的茶也不是綠茶而是咖啡或奶茶，飲食生活相當多元化了。這麼一來，用巨大桶子一次就醃八顆大白菜根本不可能，重現那味道也一樣不可能了。

有一些食品，若是自己做，既便宜又好吃，但是在外頭買，則會要麼太貴或者難吃。在日本，鹹菜就是那樣一種食品。京都老字號泡的蕪菁、茄子實在很好吃，但是價錢跟松阪牛肉一樣貴。

如今，除非有人送來，我就幾乎吃不到泡白菜了。母親也很多年沒有做，畢竟孩子們獨立以後，娘家的人口也減少得厲害。

·祖傳古老米糠醬

但是，另一種鹹菜——小時候從春天吃到秋天的糠漬，我現在倒一年四季都有得吃了。

日本很多食品，包括刺身、壽司，都發源於中國。然而，用米糠醬醃的鹹菜糠漬，據說是日本人自己發明的。不知是否屬實。

拌鹽米糠發酵後散發的氣味極其特殊，就是臭豆腐那一種。可是，在臭醬裡醃過一天的黃瓜、茄子、蘿蔔、蕪菁、嫩薑等蔬菜卻很香，而且含有豐富的乳酸菌，對胃腸特別好。

一些日本家庭有祖傳古老米糠醬，夏目漱石家的就有超過一百年的歷史。日本主婦向來把米糠醬當作自己的田地，天天施肥保養。最一般的肥料有辣椒、昆布、黃豆、麵包、小魚干。較特殊的有啤酒或剩菜如咖哩汁。總之，加了多種肥料後，米糠醬內的酵母活動得越來越猛烈，氣味也越來越強烈。

我小時候，家裡的醬桶很大，跟十八公升的汽油桶差不多。每天兩次，母親挽起袖子來，打開蓋兒，把右手深深地埋進桶子去，拿出裡面已醃好的菜。然後，從底子徹底攪拌，以便讓米糠醬呼吸新鮮的空氣，要不然它會腐爛爆發的。最後，把下一批蔬菜，沾點鹽後，又埋進醬裡去。

在男人、小孩看來，那是家庭主婦一天的勞動中最可怕的一項，因為米糠醬的氣味實在很劇烈。而

且，剛除掉蓋兒時，醬的表面發酵得到處出氣，看起來像火山熔岩，真恐怖。母親事後用肥皂把手腕洗乾淨，但是那氣味總是稍微飄在她身邊。

大約一九七○年代開始，可怕的醬桶從日本廚房逐漸消失，只能說是自然的趨勢。如今，除非祖先是大文豪，誰還想保留百年臭醬？

話是這麼說，吃糠漬長大的日本人，很多都想念那味道的，包括我自己。泡白菜沒有成功也罷了，但是我一定想吃脆香的糠漬黃瓜！

·人和食品的關係

於是蒐集各方面的資料，我發現，人類進步了。今天做糠漬，幸虧，再也不需要把整隻胳膊放進臭醬裡去的。

新的方式改用小型塑料容器，乃能夠密封的一種。裡面放少量米糠醬並保存在冰箱，雖然醃菜需要的時間要長一倍，但是廚房裡和冰箱中都聞不到那氣味。而且，因為容器小，用匙子就能徹底攪拌米糠醬

了。

以往，北風一颳，就把大量鹽放在米糠醬表面上，讓它冬眠半年，因爲當年冬季的日本房子很冷，連臭醬都會凍結。相比之下，今天的冰箱一年四季都能保持同樣的溫度，使得我們能夠通年吃各種各樣的糠漬。

有一次，我父母來玩時，給他們吃我親手做的糠漬，感到非常驕傲得意。現在，做糠漬的人很少了，母親也早放棄了醬桶。但是，人人還是都愛吃糠漬，因爲味道確實好。例如我兒子，他稍微想不通地問我：「爲甚麼媽媽做日本菜的時候，一定有米飯、味噌湯、糠漬？」但是，每次在餐桌上發現糠漬，他都一定吃。

總而言之，時代變了，傳統食品受冷落。尤其，鹹菜一類做起來費工夫的緩慢食品，很少有人自己做了。

在現代城市，人和食品的關係是一次性的；現在買，當場消費，馬上忘記。雖然熱量夠了，但是往往

營養不夠，令人覺得吃飽了還餓。傳統食品可不一樣：慢慢做，慢慢嚼的過程中，能吸收到寶貴的營養。但是，大家實在太忙了，哪裡有時間慢慢嚼食品？

·女人的梅酒

然而，凡事有例外。

那就是梅酒。每年到六月下梅雨的季節，日本全國的超級市場都擺出大量的青梅、冰糖、白酒以及大玻璃瓶，即整套做梅酒的材料和用具。

記得小時候，家裡廚房的地板下，老有幾大瓶的梅酒，是母親一年復一年做的。不僅在我家，當年幾乎每個家庭都有自家製造的梅酒。姥姥家櫃子裡，更有杏子、草莓、檸檬等多種甜味果酒。

但是，我還以為，那樣的習慣早就從日本社會消失了。

最近，在附近超市買菜時，碰到兒子同學的母親。在她推車上，有四個大玻璃瓶，帶有紅色塑料蓋

兒，果然是專門用來做梅酒的。

「有人送大量青梅來，沒辦法。」她注意到我的視線，就匆忙解釋說。

看著她稍微不安的表情，我忽然明白，原來梅酒是日本女人公開的祕密。

她是醫生的太太，平時極重體面。我們去她家吃飯，先生們喝啤酒，我也喝，但她自己只喝一口而已，也重複勸丈夫不要喝太多。在良家主婦看來，喝多酒不僅對身體有害，而且傷體面，甚至有下流之嫌。

但是，顯而易見，自己做的梅酒是例外。否則她不會買四個大瓶的；除掉青梅和冰糖要占的體積，至少能容納八公升的白酒呢。

怪不得，每年這個季節在酒店門口擺出來的白酒，都用大字寫著「果實酒專用」。那是爲了減輕主婦買白酒時候的心理負擔。她們的邏輯是：我反對男人嗜酒，自己也不喝酒，但梅酒不算在內，那不是酒。

日本男人一般不喝甜酒。廚房地板下大玻璃瓶內的梅酒，向來一定專門爲女人消費的。

那醫生的太太，到底跟誰喝梅酒呢？重體面的日本女人不會在別人面前喝酒，兩個女人或者一群女人一起喝酒，在人家的社會圈子裡會成爲醜聞。但是，她也禁止丈夫平時在家裡喝酒，即使是罐裝啤酒；不可能夫妻一起喝梅酒了。那麼，唯一合理的結論就是：大家睡著以後，太太自己到廚房來，偷偷地拿掉地板，打開紅色蓋兒，往杯子裡倒滿梅酒，一人默默地喝……

那樣子，一年竟喝掉八公升？

眞厲害！

想到這兒，我猶如破解了陳年老謎一般，心中好興奮，馬上跑回家去向老公做了報告。

他抱著胳膊沉思了片刻，然後開口說：「我小時候，家裡一直有大玻璃瓶的梅酒，是母親自己做，似乎每年都做的。也就是說，每年都喝乾了一大瓶。究竟是誰喝的？父親雖然愛酒，但是男子漢絕不會碰甜

酒。那麼，除了母親以外，家裡就沒有別的大人了。可是，你也知道，她是從來不喝酒的……」

「所以，我說，梅酒不是酒嘛。」

「是嗎？我一直以為她是不會喝酒的，因為她那麼討厭父親嗜酒。但是，我也沒想過廚房的大瓶梅酒到底屬於誰。好比是醬油、醋一類的調味料，總不會去想怎樣消費掉了。」

顯然，日本的廚房至今是女人的聖所，別人不能隨便進來，也不會知道裡面發生著甚麼事情。街上的酒店每年六月同時擺出大量白酒，但是只要上面寫著「果實酒專用」就能冒充醬油、醋一類的調味料，不會引起別人的猜疑。當然，其他女人都知道這一祕密，但不會開口討論。只有像我這樣，長期在海外漂泊後，重新回祖國生活的日本女人，才會注意到場面有點不自然。

不過，既然破解了陳年老謎，我也想加入女性同胞的隊伍了。於是趕忙跑回超市購買紅色蓋兒的大玻璃瓶、青梅、冰糖，以及「果實酒專用」的白酒，期

待著幾個月以後嚐到日本傳統緩慢飲料的味道。

　　晚上，大家睡著以後，偷偷地到廚房去，打開玻璃瓶蓋，往杯子裡倒滿梅酒，一個人啜一口又一口時，說不定我才真正嚐得到做日本女人的滋味來。

東京懷舊旅行

1853 年開辦的最古老的遊樂園花屋敷
1958 年建造的東京塔
1964 年的王子飯店　隅田川的煙火大會
淺草寺雷門的泥鰍鍋總店⋯⋯

暑假裡，一群婆家人由大阪來東京玩。從兩歲小女孩到六十八歲公公，總共三代六口人。我家住公寓，無法容納全部人員。於是乾脆訂飯店，我們四口人也加入進去，十個人展開了兩天一夜的東京之旅。

　　總題目為懷舊。

·東京鐵塔

　　來到東京，非去東京塔不可。一九五八年建造的電視塔有三三三米高，比巴黎艾菲爾塔高出十二米，至今為世界最高的自立鐵塔。

　　一九五八年在日本是昭和三三年。那年的三月三日，為了紀念三三三米高的新地標完成，有家電視台企畫三對新人在螢幕上同時舉行婚禮。

　　我父親有五兄弟。其中三個當時正處於適婚年齡。三男父親和四男叔叔已經有未婚妻，只要次男伯父找得到對象，被選拔的機會頗高，畢竟三個新郎是

親生三兄弟！

電視廣播剛開始不久的年代，能夠在節目中出場是很不容易的事情，加上對當年的日本人來講，結婚費用的負擔非常大，如果連蜜月旅行都由電視台承包的話，真是太好不過了。

為了給伯父找個對象大家奔走的始末，我從小不知多少次聽過母親講。她最後總是說：「你伯父實在沒出息，誰都不肯嫁給他呢。」

於是，昭和三三年三月三日，父親三兄弟在新建造的三三三米電視塔上免費結婚的計畫失敗；推到第二年二月十一日，才三對一起舉行了婚禮，當然各自得負擔費用了。

也就是說，我還沒出生之前，紅色鐵塔已站在東京港區芝公園內。

生活在首都，從火車上或高速公路上，經常看到東京塔，然而上瞭望台的機會卻不多。我自己小時候跟父母來過一次，高中時候和男同學來了一次，但那也是二十多年前的事了。

這回，從地鐵大江戶線赤羽橋站走上坡到鐵塔，我一下子被陳舊的空氣所襲，好比走進了時光隧道一般。樓梯邊貼的海報是三十年前的，一樓餐廳門口擺的蠟製食品模型稱得上古董，懷舊情緒非常強烈。穿制服、戴制帽接待客人的小姐這些年也很少見了；由她陪同上的電梯，希望過去半世紀有不停地維修！

從一五〇米高的大瞭望台，大家要再買票上二五〇米高的特別瞭望台去。我有點高處恐懼症，不敢再上去，於是一個人留下。

不遠的地方看得到最近完成的六本木HILLS大廈群，如今從空中看首都，大多人數會去那裡。我們偏偏來到古老的東京塔，好在人不多，用望遠鏡看風景不用排隊，而且遊客以外國人為主，意外地充滿著異國情調。

・王子飯店

喜歡shabby並不等於喜歡 cheap，我們打算到對面東京王子飯店庭園餐廳去吃午飯。

王子飯店名不虛傳，早期幾家都蓋在皇族舊址上，包括一九六四年領先開張的這一家。飯店處於公園裡面，周圍樹木叢生非常安靜，加上偶爾從游泳池傳來的水聲，挺有度假地的味道，很難想像其實在東京中心區。

‧尋找江戶時代

這裡離東京灣不遠。吃完飯，就搭計程車到日出碼頭去。

隔著海水就看到台場的巨大摩天輪以及彩虹橋等流行遊覽區，不過今天，我們要尋找古老的東京——到封建時代的江戶去。於是乘水上巴士溯隅田川（即江戶時代的大川）而往淺草。都市史家陣內秀信在《東京的空間人類學》一書裡提醒了讀者：過去的江戶是跟威尼斯和蘇州相比的水城。但是，現代生活靠汽車與鐵路，航路卻不時興，因而一條接一條地給填埋掉了。儘管如此，從水上巴士看，依然有很多條運河通到隅田川。

我想起東京大學教授松浦壽輝寫的推理小說《巴》之最後，主人翁坐小船，在東京市區內要麼走運河或者走下水道，跟犯人互相追蹤的場面。從日出碼頭到淺草，雖然是僅僅四十分鐘的航程，但是從水上張望陸地，確實能看到跟平時不一樣的東京情景。

·東京樂園

下了船，過馬路，正對面淺草一丁目一番地有東京最古老的酒吧——神谷吧。

這裡既能喝酒又能用餐，特製雞尾酒「電氣白蘭」尤其有名。隔著玻璃窗看進去，一樓整天客滿，二樓倒會有空位，若非這天是週二公休日，我們一定會進去歇歇腿呢，真可惜！

走兩分鐘的路，就看見了淺草寺雷門，經過十年如一日極其熱鬧的仲見世商店街，走到白鴿子成群的古老寺院。據傳說，這裡的觀世音菩薩像是公元六二八年，附近打魚的兩兄弟從隅田川水中撈上的。

拜完了觀世音，接著要去日本最古老的遊樂園花

屋敷。門口的牌子說「自從江戶時代」果然屬實，乃於一八五三年即比明治維新早十五年，由造園專家森田六三郎開辦的。

當初爲以牡丹花和菊花爲主的植物園，進入明治時代後改成英式花園，並引進留聲機、遊樂設施、動物園等多種設備。大正時代的淺草是東京數一數二的鬧市，劇院林立，連天皇都私下來花屋敷玩過了。

經過一九二三年的關東大地震和四五年的東京大空襲兩次破壞，戰後的花屋敷於四六年重新開業而逐漸發展爲現代式遊樂園。看看五〇年左右拍的照片，基本設計已經跟現在大約相同：有雲霄飛車、摩天輪、旋轉木馬、人工衛星塔、空中摩托車等等。

花屋敷本來就地方不大，如今遊客也不多，氣氛好放鬆。我跟小女兒一起坐小型摩天輪上去，幾乎摸得到隔壁房子的居民在天台上晾的衣服，生活感極其豐富。跟完全隔絕於現實世界的新式主題公園截然不同；這裡的主題是老東京味道。

·泥鰍鍋

晚飯早決定到聞名於世的駒形泥鰍店去嚐嚐江戶風味泥鰍鍋。我小時候在東京，泥鰍還算是常見的食物，這些年倒很少吃到了。在大阪則向來甚少有。

由淺草寺雷門出來一直往前走，大約十分鐘後，右邊看到的傳統日本式木造大房子，就是駒形泥鰍總店。

一進去就有廣大的榻榻米房間，眾客人要麼端坐或者盤腿吃喝。他們前邊並沒有桌子，反之直接面對火爐吃鍋子裡煮的泥鰍；簡直是歌舞伎或古裝片裡的場面了。

我們是訂好二樓小房間的。

打開菜單看，有兩種泥鰍鍋；「丸鍋」用原形整條的泥鰍，「割鍋」則用剖開而取掉骨頭的。我們兩種都要，也另外點了鯨魚刺身。首先上桌的鯨魚刺身，我好多年沒吃過，對孩子們來講更是平生第一次。生牛肉一般透紅的刺身真是美味，一下子給兩個

男孩吃光了。國際社會不允許日本人吃鯨魚肉，如今只有極少量流通於市場，除非來專門店無法吃到了。

跟著兩個木炭爐子登場，服務生馬上送來兩種泥鰍鍋，說「加了蔥絲就可以吃了」。用醬油和清酒調味好的泥鰍很嫩一點也不腥。吃「丸鍋」和「割鍋」比一比，我覺得還是原形泥鰍的口感和味道更爲佳。

家族旅行團十個成員當中，八個人第一次吃泥鰍鍋，結果大家都拍手叫好，不僅特別而且眞的好吃。再說，價錢也相當合理。我們酒足飯飽出來的時候，外面有很多人坐在長凳子上排隊，其中包括電視上常見的烹調專家。

·銀座獅子七丁目乾杯去

今晚要住的淺草景色飯店（Asakusa View Hotel）就在花屋敷旁邊。

這是一家國際水準的高級飯店，住起來很舒服。客房裡，通過落地窗戶看得到花屋敷和淺草寺，以及下午坐水上巴士溯游而上的隅田川。

仲夏舉行的隅田川煙火大會非常有名，堤岸上邊乘涼邊看煙火的人非常多，其實在這裡訂房間看，會是最理想的觀賞地點。

　　第二天，一大早就坐計程車去國立科學博物館。上野公園裡有兩家博物館、兩家美術館、兩家音樂廳和動物園。這次選擇科學博物館，是為了給孩子們看恐龍骨頭。磚頭建築跟我小時候一樣，裡頭的展覽方式卻進步得多了。

　　午飯在不忍池邊的精養軒吃，乃明治時代創始的老字號西餐廳，連夏目漱石的作品裡都提到過。

　　婆家人不久要坐新幹線回大阪。走之前，還是到東京最有風格的鬧區銀座逛逛好，反正坐地鐵幾個站而已。通過上野，聯結淺草與銀座的這條線是日本最古老的地鐵線。

　　下了車，先去銀座八丁目博品館玩具廣場給孩子們買紀念品。然後到銀座獅子（Ginza Lion）七丁目店乾杯去。這是一八九九年開業的老啤酒屋。一九三四年建設的德國式房子花板特高，馬賽克壁畫很巨大

精緻。生啤酒的味道特別新鮮好喝，是札幌啤酒公司直接經營的緣故。

　　這次東京懷舊旅行雖然只有兩天一夜，不過內容挺豐富、文化色彩濃，看來大家都相當滿意。能夠略盡地主之誼，我們也很開心了。

日本年節菜肴

無論如何，一億人幾乎同時吃湯包糕的場面，
想像起來很幽默好笑，我覺得特別符合過年的歡樂氣氛。

幾年前一月份去台灣做事，回程在飛機上打開航空公司雜誌，有篇文章介紹各地人過聖誕節、元旦時候吃的飯菜，其中講述日本年節食品的部分叫我大吃一驚。

　　「最有名的『御雜煮』就是各種蔬菜混在一起紅燒而成的。」

　　大錯特錯！

　　那是「御煮染」（Onishime）：把香菇、竹筍、蓮藕、芋頭、胡蘿蔔、蒟蒻、雞肉等材料，用柴魚湯和醬油、糖調味好的另一種菜肴。

　　我大為吃驚，由於在日本，「御雜煮」（Ozõni）是人人皆知的食品，不敢相信會有人把它和「御煮染」混同起來。例如生為華人，誰不知道餃子和包子的分別在哪兒？

　　不過，經冷靜思考，有人誤會其實情有可原的。首先，日本人用起漢字來真是沒有才能也沒有道理。

「御雜煮」、「御煮染」這種菜名起得一點不文雅,實在太差了。哪裡比得上發財好市、杏林春滿、竹報平安等漢人春節菜肴的吉祥名稱?而且去掉了「御」字帽,剩下來的「雜煮」和「煮染」兩對字母也實在缺乏表達力量;誰也無法猜測究竟是何種東西。

難怪外國作家弄錯了。回想我自己在海外過的日子,最難接近的就是當地人過節時候在家中吃的食品。恐怕該篇文章作者雖然對東洋風俗很熟悉,但是少有機會在日本家庭吃年節飯菜的。

·湯泡糯米糕

據調查,「御雜煮」是日本傳統年節食品中生命裡最強的一種。被問每年陽曆一月一日早晨,迎接新的一年以後吃的第一頓飯是甚麼,至今絕大部分日本人仍回答說:「御雜煮」

「御雜煮」說穿了就是湯泡糯米糕。作法並不複雜,材料也不難到手,特別之處在於專門在新年頭三天裡吃,其他時候絕不會出現在餐桌上。

至於糯米糕的形狀以及湯水的作法，你問十個日本人，大概會得到十種不同的答案了。基本上，東京等關東地區人吃的糯米糕爲方形，湯水則用柴魚、醬油和清酒調味，另外加雞肉和青菜。而京都、大阪等關西地區人吃的糯米糕爲圓形，湯水則用昆布和白味噌調味，另外加芋頭和胡蘿蔔。

　　記得小時候，每年到十二月二十八日，附近米店送來兩塊剛搗好的糯米糕，日語叫作「御餅」（Omochi），是很令人興奮的事情。那年代，專賣制還很鞏固，只有政府認可的米店能賣大米製品，不像現在每家超市、便利店都有。

　　枕頭那麼大的糯米糕，約兩公分厚，舉起來相當重。當天剛做好的，還很軟，用指頭一摁就瘪，保證挨母親罵，但也很難控制自己的指頭。名副其實的米色表面上鋪滿了糯米粉，既乾淨又誘人，看樣子很好吃。母親用刀切成很多方塊放在鐵罐裡保存。

　　按道理，「御餅」是正月的食物，到了一月一日早晨才上桌。不過，那個時候早已變硬，烤好後方能

吃。十二月二十八日的糯米糕則不同，還嫩可以直接丟進嘴裡去。要是母親心情好，會給我們每人一小塊。很珍惜地慢慢咬，味道既淡薄又充實，如今回想都是極其健康樸素的滋味。

・關東關西各不同

當年東京人的元旦，桌上擺好的年節菜肴有「御煮染」、甜味黑豆、涼拌紅白蘿蔔絲、染紅的醋章魚等。舉起杯子，彼此說新年快樂，孩子們收到了壓歲錢以後，母親才站起來到廚房盛各人的「御雜煮」去。

「要幾塊糯米糕？」她問。

「兩個！」「三個！」「四個！」孩子們紛紛回答說。

在瓦斯火爐上烤熟的糯米糕香噴噴，泡在熱騰騰的清湯裡吃，全身都暖和起來。父母說，黏黏的糯米糕會培養我們的韌性，就像黑豆代表勤勞做事到曬黑，紅白兩色的蘿蔔絲代表吉祥如意。

我印象中的「御雜煮」，乃醬油色的透明湯水裡，白色糯米糕拌著綠色青菜的。正月專用的白木筷子非常潔淨，紅色漆器則跟藝術品一般美麗。使著長細筷子，在光亮的碗裡夾住小小的雞肉塊，感覺猶如找到了寶石。雖然沒甚麼高貴材料，但是因為一年只吃那麼幾次，而且餐具都跟平時不一樣的緣故，令人覺得特別美味。

　　電視播放的元旦特別節目，十年如一日，介紹全國各地有特色的「御雜煮」。由關西直播的記者打開湯碗蓋，冒升來的熱氣消逝後，鏡頭裡便出現白色濃湯，記者啜一口說：「好甜！」然後用筷子夾住圓圓的糯米糕給觀眾看。十年如一日，我們坐在東京家中搖著頭說：「不可能！」

　　東京人的生活中，味噌永遠是紅色的；白味噌是只聽說過而沒吃過的外地食品。至於圓形糯米糕，我們只知道甜品店賣的，裡頭含紅豆沙的「大福餅」。記者喊出「好甜！」的白味噌湯，加上「大福餅」般的圓形糯米糕：難道關西的「御雜煮」是豆沙湯一般

的甜點嗎？

　　年節是家族親戚團聚的場合。每年一月二日去姥姥家拜年，三日則留在家中，接待來拜年的其他親戚。對小孩而言，都是收到壓歲錢的歡喜機會。總之，在整個成長過程，我一直沒機會吃別人家的「御雜煮」。長大出國後，連過年的習慣都很難保持了。

・古都料理

　　誰料到，我三十五歲嫁給關西人，第一次吃到白味噌「御雜煮」。那年，初夏結的婚，到了冬天肚子已經好大，不方便自己動手做年節菜肴，於是乾脆坐新幹線到婆家去吃了。

　　為了迴避交通混雜，我們等到一月一日才離開東京，下午到了婆家。一進門，公公婆婆讓我還穿著大衣就接受神龕，並用關西方言告訴我：「快敬仰東方！」我從來沒參加過這樣的儀式，始終不大明白究竟是甚麼意思。雖說都是日本人，東西兩地的風俗習慣很不同。

然後坐下來吃婆婆花很多天準備好的年節菜肴，日語叫作「御節料理（Osechi Ryori）」。哎呀！關西人做起飯來實在精緻，的確不愧爲古都人的後代；相比之下，我們東京人可眞是土包子了。

　　桌上有整條烤鯛魚、瀨戶內海明石產的章魚刺身和炭烤海鰻、一種醋泡魚，是東京沒有的。牛肉牛蒡捲、什錦炒雞、紅白蘿蔔絲等菜肴，全用昆布汁、淡色醬油和料酒調味，不僅顏色漂亮，而且吃起來非常可口，一點不像常給濃色醬油和白糖焦黑的東京菜。

　　最後登場的關西「御雜煮」讓我大開眼界。白味噌湯喝起來稍鹹稍甜有黃豆的香味。沉在裡面的圓形糯米糕跟雞蛋一般大而白，像玉石那麼光滑，吃起來口感比方塊糯米糕溫柔得多，黏黏的表面跟白味噌濃湯相融得特好，加上熟透的芋頭和胡蘿蔔化在舌頭上的快感，可說是素食的極品了。

　　同樣是湯泡糯米糕，關西「御雜煮」跟東京「御雜煮」簡直是不同的料理。東京人故意把方塊糯米糕稍微烤焦黑，然後泡在清湯裡，會產生類似於鍋粑的

效果，我一直以為那是吃「御雜煮」的樂趣。然而，關西人輕鬆達到高過好幾層的境地。無瑕無疵的圓形糯米糕不僅看起來美麗，而且逐漸跟白色濃湯化在一起的過程好比慢慢爬到高潮一樣，使飲食成為充滿期待而令人興奮的難得經驗！

人人都愛吃家鄉菜，我也不例外。但是，關於「御節料理」，自從那年，我是再也不會回頭了。每年一月一日擺在桌上的，一定是關西風味。

好在東京是各地方人聚在一起生活的首都，容易買到白味噌、圓形糯米糕、淡色醬油等。我小時候沒吃過，只是由於雙親都為東京人，對外地食品完全陌生的緣故。

·過年的歡喜氣氛

這些年在日本，越來越多人不再自己做年節菜肴而從商店買來裝在漆器套盒的既成品。

報紙上說，最暢銷的是一萬五千日圓左右的，但也有不少人買三萬、五萬的。三越百貨公司出售的一

套爲最高價，竟達一百萬日圓，不過其中八十萬是泥金漆器的費用。另外，餵給狗吃的「御節料理」也很流行。我估計，孩子已經長大獨立但是沒有成家的老年夫妻，本來打算花在孫子身上的金錢，如今爲寵物消費。

儘管如此，在日本全國，大家還是動手做自家味的「御雜煮」吃。任何食品應有盡有的便利店，也還沒開始賣「御雜煮」。是湯泡糯米糕非當場做不可的緣故？是各地各家的作法實在五花八門，很難商品化的緣故？還是傳統年節菜肴中至今保留下來的最後一種，大家下意識地希望保護下去的緣故？

無論如何，一億人幾乎同時吃湯泡糯米糕的場面，想像起來很幽默好笑，我覺得特別符合過年的歡喜氣氛。

蠟燭之夜

總之因為關掉電燈帶來原始的黑暗和寂靜，
　　　而搖晃的燭火始終代表人類共同的希望和未來。

二○○三年夏天，日本最美好的回憶無疑是六月二十二號夏至夜，全國五百萬人主動滅電燈而點上了蠟燭。

本來一群市民想起的計劃，大膽地取名為「一百萬人的蠟燭夜」，誰料到網路上引起了強烈的反響，不僅個人、團體，而且各地方政府都紛紛表示要參與。結果，從東京塔到沖繩首里城，平時一到傍晚就自動照明的兩千一百個地標，統統於晚上八點鐘同時關掉了電燈，之後的兩個小時，日本夜晚恢復了大家已經很長時間忘記的黑暗。至於民房，究竟有多少家庭參加了蠟燭夜行動，則不容易得知。不過，通過電腦和手機報名參加的人數遠遠超過主辦人的預測，輕輕鬆鬆達到了本來誰都以為大膽的目標一百萬人。最後，據《每日新聞》估計，大約全國五百萬人，也就是總人口的二十分之一，參與了這場既和平又寂靜的行動。

關掉電燈而點上蠟燭，到底有甚麼意義？主辦人都沒有解釋。其實，這次行動成功的最大原因，大概是免除了政治口號。以往的市民運動一定有口號，譬如，反對核電、保護環境。但是，今天的日本年輕人沒心思喊政治口號。反之，要嘛一個人，要嘛跟親人一起，默默地關掉電燈而點上蠟燭，大家心領神會了個中的寓意：改變生活方式的時刻到來了。

也許是戰時空襲下的燈火管制造成了嚴重精神創傷的緣故，過去半世紀的日本人，把家庭裡每個角落都用熒光燈照明得特別亮，跟谷崎潤一郎曾經在《陰翳禮贊》裡描繪的，簡直是不同的民族了。

回想我小時候的東京，蠟燭僅於偶爾發生停電時候才會用上，或者插在生日蛋糕上。長大後出國而發現，西方人把室內照明調得相當暗，卻懂得利用檯燈和蠟燭，很會製造氣氛，真是大開眼界。後來到義大利渡蜜月買的燭台，如今經常在晚餐時間拿出來用，看到紅色火燄，連一歲女兒都瞇著眼睛深思甚麼似的。今年夏至夜晚，廣大日本人發現燭光之美與力

量，我心中拍手叫好。

　　這次行動的主辦人叫辻信一，乃一九五二年出生的文化人類學者，經過十多年的海外生活回到日本，目前在明治學院大學國際系任教。他二〇〇一年問世的《SLOW IS BEAUTIFUL》可說是日本緩慢生活熱的起點之一。翻翻七月底剛出版的新書《緩慢生活一百個關鍵語》，目錄上有：徒步、土地、水、育嬰、美洲先住民、非暴力、地區通貨、另類醫療、環保觀光、公正貿易等詞兒。從七〇年代的嬉皮氏，經過八〇年代的新紀元運動，到最近的反對全球化，在關心社會問題和閱讀的人來說，並沒有特別新鮮的話題。關鍵是，在日本一向屬於社會邊緣的意識形態，終於推動了五百萬群眾。

　　蠟燭不僅是古老的燈光，而且是歷史悠久的祈禱工具。即使是早失去了傳統審美感和生活方式的現代人，一點上蠟燭就會自動地想起遠處的親人、小時候

的回憶、已去世的長輩，也會想到歷史、宇宙、地球。因為關掉電燈帶來原始的黑暗和寂靜，而搖晃的燭火始終代表人類共同的希望和未來。

東京泡沫媽咪

從前的家庭主婦，用多餘的時間為丈夫孩子做衣服編襪子，那種女人在日本似乎已滅絕。

幾年前結婚生孩子，我很驚訝地發現，原來女人的工作這麼不容易。日本有俗語說「一天三頓加上午覺」意味著家庭主婦不僅白吃飯而且閒著沒事幹。單身時候，我都以為婚後天天在家的女人一定會悶得慌。但那是大錯特錯。自己帶了個小孩才發覺，世上沒有一份工作比全職母親辛苦。

我曾在日本報社當過記者，勞動條件差得要命：一天工作十七個小時，有時連續六週沒放假。現在回想，其實新生兒母親的處境困難得多：一天工作二十四個小時，開頭三年沒假可放。做記者的時候，我每次放假都一定發燒；平時很緊張，疲勞積累也感覺不到，一放鬆卻不可收拾的。做了母親以後，我再也不會發燒了；因為如果病倒，沒有人會代替我。總之，經過親身體驗，我對家庭主婦一族的看法徹底改變，開始認為她們非常偉大。

女性主義席捲全球的今天，很多母親產後不久就

回到職場，小孩則給送到托兒所。世界輿論支持那些職業女性，說她們兼負工作育嬰兩擔。實際上，全職母親更值得讚揚；她們一秒鐘都放不下育嬰這特重的擔子。我覺得媒體輿論對家庭女人太不公平。

・昂貴的報名費

昏天黑地過了第一年，我開始認識其他母子。推著嬰兒車到隔壁大學校園散步去，有幸碰到自己的同種，感覺猶如見到了多年知己，因為彼此熬過了孤獨又失眠的一年。當然亦可以說是同病相憐。這些「育子朋友」非常重要，因為如今出生率低落，不僅街上而且公園裡都很少看到小朋友，孩子接近兩歲開始需要夥伴時，除非事先打電話約好，否則沒有人一起玩。

我自己當初不瞭解情況，騎著自行車跟兒子貿然出發，有時附近兩個公園都完全無人影，特地去了這一帶最大的公園才見到幾個小朋友。三十多年前，我在東京新宿長大時候，家前邊的小巷，總有幾個孩子

在玩。小的還被母親抱著,大的從幾歲到十幾不同,有人用蠟石在地上畫畫兒,有人跳橡皮筋,男孩們抽陀螺,打洋畫玩兒。那種情景,今天只能往宮崎駿卡通片裡尋找了。

某一天,我翻著跟早報一起送來的一大堆廣告單,其中有一張是「體操班,一歲開始,歡迎免費參觀」的。出於好奇心,馬上掛個電話,當天下午就去了位於火車站廣場,書店地下的體操教室。兩個年輕女指導員跟著音樂帶領幾對小孩和母親玩耍。我兒子似乎對集體活動沒興趣,始終往設於角落的飲料自動販賣機爬過去,也不能怪他,畢竟才一歲。不過,有些小朋友看來喜歡上了指導員姐姐,導致他們母親考慮要不要正式報名。看看簡介,報名需要先付三個月的學費(一萬八千日圓),如果當場報名就免除入學費(五千日圓),另外需要買指定的體操服和帽子。價錢雖然不便宜,但是大多中產階級家庭勉強付得起。

忽而在資料頭一行看見「御客樣」即「顧客大人」

字樣，我本能地提高了警惕。我到這裡本來是爲了孩子；給寶貝兒的生活加添色彩、讓他多交朋友等。但是，人家舉辦幼兒體操教室不外是爲了賺錢。母親爲孩子著想的心，因爲無私，所以特容易被商業機構剝削。我聽過不少人通過電話推銷購買了高價英語教材。爲自己絕不肯付的驚人價錢，爲了孩子的將來，很多人甘心負擔。對於攻擊母親心理弱點的教育產業，我很有反感。

· 爲了寶貝小孩

儿子兩歲那一年，我幾乎天天帶他去兒童公園，幸虧交到了一些母子朋友。但是，一到夏天，公園裡就太熱了。我帶兒子去遠一點的親水公園或游泳池，有些人乾脆到游泳學校報名去了。秋天到來，他們卻沒有回來。我理解，這年頭，給小孩找夥伴玩好吃力，只要付一個月幾千日圓的學費，就可以有固定的活動項目以及夥伴，自然有人願意當顧客大人去啦。

非商業活動並不是沒有。例如，附近兒童館就有

為兩歲小孩子們設計的節目。我兒子很喜歡，當初約一個女孩子一起去。可是，她母親不習慣跟其他家長打交道，後來停去兒童館，而到某家出版社舉辦的幼兒學習班去了。目前的日本社會，「早期教育」越來越火熱，讓人詫異低出生率時代哪裡來的升學壓力。局外人不明白，幼兒班繁榮的主要原因，乃中產階級家庭主婦把育子重擔花錢轉包出去。帶孩子去公園或兒童館，彼此都不過是平民；付錢參加幼兒班，身價馬上會不一樣，自動提高為顧客大人，自我感覺跟貴族一般。

到了深秋，公園裡更寂靜。有些小朋友，為了對付名門幼稚園的入學考試，參加「入試體操班」。原來，幼兒體操教室的重要功能是訓練孩子離開母親自己走、跑、扔球、鞠躬、答問，而成功贏得考官的好感。有位母親，牙醫的太太，告訴我，她老大滿一歲就到體操教室報名去，後來各種入試班統統參加，三歲考上名門幼稚園，六歲考上名門小學以前，教育費竟達到了六百萬日圓，即相當於普通工人的年薪。

這是甚麼樣的年代？又不是經濟高度成長，房價幾年翻一番的泡沫經濟時期，而是低成長、通貨緊縮的時代了。誰有這麼多錢為孩子花掉？據我觀察，一方面有先生做醫生或外資公司幹部等的高收入族，另一方面有太太娘家有資產，婚後仍提供經濟支援的大小姐族。她們有個共同點：都在一九六○年和七０年之間出生，於八○年代末的泡沫經濟時期，徹底嚐到了甜頭。

雖然我也屬於同一代，但是那段日子在海外住，結果對日本社會在泡沫經濟時期前後的變化，有旁觀者清的優勢。簡單而言，那十年裡，日本人集體邁進了高消費，導致他們的自我形象，除了消費者，只有消費者，也不是普通的消費者，而是高人一等的顧客大人。剛做母親時，非得埋頭照顧新生兒的泡沫媽咪們，過了兩年重新昂頭來做顧客大人。這回，高消費的焦點當然是寶貝兒。

· 「消滅生活感」

兒子上了幼稚園以後，我對周圍的家庭主婦，越來越覺得疏遠。我想利用孩子不在的寶貴時間盡情寫作；她們每天結伴泡咖啡館，或者逛百貨公司去。這幾年日本很流行串珠做裝飾品。兒子同學的母親們，好像集體購買材料集體做，有時大家都戴著同一款式的項鍊、指環。看起來，她們拼命打發著時間，但是很少有人考慮做工作。因為孩子在幼稚園待的時間很短，最長也才一天四個半小時，所以母親出去打工確實不大現實。於是，有人打網球，有人上歌唱班，總之花錢消磨多餘的時間。

　　我逐漸發現，如今的日本主婦對「生活」非常反感。「消滅生活感」是女性雜誌常採用的口號。怪不得，幼稚園孩子的母親們，早上下午我見到之際，一定化妝好穿著時裝，鞋子是FERAGAMO，小包是PRADA，絕不表露在家休息時候是甚麼樣子，更沒有人提著超市的塑料袋子出現。從前的家庭主婦，用多餘的時間為丈夫孩子做了衣服編了襪子；那種女人在日本似乎已絕滅。親手做的生活用品充滿著「生活

感」，她們寧願買別人一看就知道的名牌商品，或者集體做同一款式的裝飾品而表示對流行敏感。

　　孩子們下課以後的生活，跟我小時候完全不同了。三歲班的同學們總共四十五個當中，沒有參加收費課外活動的只有兩個。其他人都上體操班、游泳班、鋼琴班、英語班。我最吃驚的是「繪畫手工教室」。如今的幼稚園採用自由保育方式，不強制孩子們坐下來一起畫畫兒、玩黏土。但是，私立小學的入學考試，仍舊包括這種科目。於是，不少家長送孩子去的學校貴得要命：一個月共四堂課的費用接近三萬圓，比普通幼稚園一個月的學費還貴。另外有聞名於世的「公文式學習教室」竟然教三歲孩子拿筷子收錢。到了四歲，很多同學一週上三、四次課外活動，對家長的經濟負擔確實不輕。

　　兒子下課後要跟朋友玩，可是大家都搖頭說沒時間。好不容易約好幾個人一起玩，每位母親都帶來著名舖子做的糕點，暗暗地比較誰買的東西最貴，讓人心情很緊張。跟她們聊天，我發覺，其實多數人的日

常生活相當樸素。滿身名牌貨的醫生太太說，買菜一般都到商店。但那是最低級的超市，食品質量很可疑，我自己向來不敢進去。她們跟孩子吃的午飯，往往在麥當勞等廉價快餐廳。有一次，我帶兒子到一個同學家玩。房子是幾百坪的豪宅，大廳角落擺著大鋼琴，旁邊有一套歐洲進口的餐桌椅子。三對母子坐下來，要吃主人早就安排好的午飯。原來，她叫低級連鎖餐廳給送盒飯來了，實在難吃下。令我真正驚訝的是飯後大家均攤那一點點費用。如今的日本闊太太好比跟沒有僕人的貴族一般，生活能力差得可以。

·越來越少的泡沫媽咪

幾年前，幼稚園後面開了個托兒所叫做KENPA。跟職業女性每天送小孩去的傳統托兒所不一樣，這是以家庭主婦為主要顧客的新型設施，價錢貴得離譜，三小時五千圓，乃相當於公立托兒所三天的費用。不僅名字當中有英文字母，而且職員裡有些外籍人士，固定時間開英語班，也偶爾舉辦復活節、聖誕節派對

等活動。雖然商業氣息非常濃厚,但是太太們特別喜歡國際化的包裝,很願意當上顧客大人。每次幼兒園開家長會,幾乎一半同學被送到KENPA去。一位母親告訴我,其實女兒還沒上幼兒園以前,每星期一定去那裡玩。「我也需要歇一會兒嘛。空下來的時間,跟其他媽咪去KTV唱歌發洩了」。

兒子三歲八個月時,我老二出生,是個小女兒。從此每天接哥哥下課或參加幼稚園的各種活動,我都帶妹妹去了。誰料到,有些母親對偶爾哭鬧的小娃娃看不順眼,導致家長會貼上通知說:會員參加活動時,請把小朋友先寄托好。很明顯,由她們看來,嬰兒跟行李之間沒有根本性區別,於是不可理解,為甚麼我等人拒絕利用KENPA的服務。接著,家長會召開會議討論:部分會員帶小娃娃來為別人造成麻煩的問題,該怎麼樣解決。我簡直目瞪口呆。她們以為幼稚園是戲院?高級餐廳?還是美術館?因而非保持肅靜不可?總之,人家確信自己既然付了錢,就能夠享受顧客大人地位,絕對有權利要求別人安靜下來,即使

那別人是同學的幼小弟弟妹妹。

這些日子，在我心目中，日本家庭主婦的形象沒有幾年前光榮了。她們長期沒出去工作、專門當消費者的結果，患上嚴重的顧客大人綜合症；把有限的資源全拿去付給別人而得到心理滿足，同時忽略生活實質。還是她們就是悶得慌了？

現在，日本很多家庭需要夫妻倆都工作才能餬口。泡沫媽咪人口今後一定會越來越少。不過，我還是特別擔憂：作為社會基礎的中產階級失去了傳統生活技術和健全的道德觀念，這國家將來會是甚麼樣子呢？

懂得享受慢食的人

因為飲食是人生觀的直接表現，懂得愛護生命的人，
才會有豐富的飲食生活。

足球日本隊的法國籍前任教練，有一次批評日本選手說：「這裡的小伙子們精力不夠，是不尊重飲食的緣故。看看街上的便利店，整天不停地營業，甚麼時候都可以吃飯，但是他們站在店前匆匆吞下的到底是何種東西呢？沒有營養也沒有味道，自然不會有力氣做出大事情來」。

　　在日本人看來，那是標準的歐洲人觀點。娛樂雜誌經常驚奇地報導，西方來的樂團參加日本電視台節目，排練中到了吃飯時間，不僅非先吃不可，而且拒絕吃早已冷卻的盒飯，堅持要求在罩了檯布的飯桌邊坐下來吃熱騰騰的西式套餐，眞不懂得入鄉隨俗。畢竟在日本，爲了工作而犧牲吃飯是天經地義的事情。攝影棚裡做事的人，每天三頓全吃盒飯也並不少見。有句俗話說：「快吃快拉都算才能」。匆匆吃完，趕快回崗位，是被日本人讚揚的工作態度。

　　小時候聽說義大利人吃晚飯花三個鐘頭，覺得實

在不可思議。父母說：「所以，那邊的人個個都那麼胖的」，猶如貪嘴是可恥淫穢的癖性。當年的日本人提倡就餐時候不該說話而專心吃；吃得越快、越沉默則越有禮貌。也許是武士道精神的遺風。回憶中的飯桌跟歡樂氣氛不沾邊兒，沒有會話，唯一聽到的說話聲是電視機來的。

·黑白變彩色

我發現日本菜其實充滿著感官的快樂是長大出國後的事情。有位曾留學日本的加拿大姑娘說：「如果喜歡美味，就不能不喜歡日本了。桌上有那麼多種食品，做得那麼精緻可愛，而且個個都有不同的味道」。她表情彷彿回顧著浪漫的邂逅。在外國的燈光下，壽司的確像寶石那麼漂亮，天婦羅像絲綢一般華麗，好比我印象中的黑白照片忽然變成彩色似的。

這些日子走在東京百貨公司地下的食品部，櫥窗裡的商品樣樣都特別美麗，所散發的魅力不亞於名牌裝飾品。只是，早已冷卻的西蘭花蝦仁為甚麼永遠像

剛炒好的，好比是極精巧的蠟製模型？一定是化學的魔法了。如超市賣已切好的蔬菜，冰箱裡放了一個星期也不會壞，據報導歸功於漂白劑，跟用來漂布的一樣。

經濟不景氣的今天，百貨公司地下賣的既成食品，乃日本中產階級家庭偶爾享受的奢侈品了。岩村暢子調查東京一百多個家庭連續一週的伙食內容而寫成的《變化中的家庭，變化中的飯桌》引起了不小的震撼。調查結果無情地暴露了日本人的飲食生活多麼貧乏無味。四口子的標準家庭，平時靠便利店的飯團、麵包、便當生存，周末則吃百貨地下的蠟製模型或宅配披薩換口味。雖然比我小時候商業化多了，但是場面照舊缺乏色彩，而且當年的家常菜如茶碗蒸蛋或煮豆等，岩村說兩千多個標本裡一次也沒出現。

最近，媒體上常見的新詞slow food，據島村菜津寫的《slow food的人生！》意味著花時間做的食品花時間享受，以此對抗發自美國而迅速全球化的快餐文化。茶碗蒸蛋和煮豆都算是日本傳統slow food，居然

跟稀少動植物一般面臨著絕滅危機。島村介紹的slow
food實踐者，仍然以義大利人爲首。因爲飲食是人生
觀的直接表現，懂得愛護生命的人，才會有豐富的飲
食生活。

元氣地球人

出境說日語，入境改講阿拉伯語；早上喝永和豆漿，晚上在新宿西口吃拉麵；護照是他的日記，世界地圖是他的相本；他家在台北在波士頓、在地球的任何角落；人生旅程是一路新鮮出發，一路元氣飽滿⋯⋯

不管年紀有多大，地方有多遠，時間有多長，只要元氣滿滿，地球角落處處有驚喜，生命充滿好奇，幸福無處不在！

定價220元

元氣地球人——從飛機到公車

元氣地球人再度踏上旅程，從飛機到公車，從巴西嘉年華到上海老舖，這一次他要告訴你更多更有趣的故事，告訴你一直存在他心中的夢想。

無論什麼年紀，旅行都是要繼續的，無論搭乘任何交通工具，到達什麼目的地，移動，就是一種自由和樂趣。

定價220元

勇闖天涯的愛情

如果喉嚨沒有特殊構造，怎麼學會瑞士德文發音？如果
沒有水餃大戰，異國婚姻就少了一味？

如果你不愛河川、動物、植物，在這裡等於沒有夢想……

台灣+瑞士=曾玲勇闖國際婚姻生活大挑戰！

定價200元

散文◎蔡鳳儀　寫真◎黃仁益

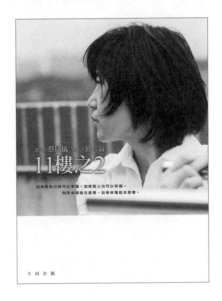

11樓之2

單身女子酸甜日記　超抒情療傷系！
知名作家 吳淡如 張曼娟 彭樹君 感動推薦

到底人如何才能找到自己的幸福呢？

面對年齡的壓力、結婚的想望、朋友的逝去、情感的挫折……是不是只要不斷努力往前奔跑，就可以得到幸福呢？《11樓之2》讓我們在作者眞誠的書寫當中，回想到自己的缺口，感傷自己的遺憾，雖然有淡淡的哀愁感，但從作者對生活和情感的抒情裡，我們也深深開始懂得，其實自己也可以很幸福。

定價220元

國家圖書館出版品預行編目資料

午後四時的啤酒／新井一二三著；－－初版．－－臺
北市：大田，民93
面；　公分．－－（美麗田；081）
ISBN 957-455-753-7(平裝)

861.6　　　　　　　　　　　　　　　　　93017424

美麗田 081

午後四時的啤酒

作者：新井一二三
發行人：吳怡芬
出版者：大田出版有限公司
台北市106羅斯福路二段79號4樓之9
E-mail:titan3@ms22.hinet.net
http://www.titan3.com.tw
編輯部專線（02）23696315
傳真（02）23691275
【如果您對本書或本出版公司有任何意見，歡迎來電】
行政院新聞局版台業字第397號
法律顧問：甘龍強律師

總編輯：莊培園
主編：蔡鳳儀
企劃統籌：胡弘一
美術設計：純美術設計
校對：陳佩伶/耿立予/余素維/新井一二三

印刷：耀隆印刷事業股份有限公司
初版：二○○四年（民93）十一月三十日
定價：200元

總經銷：知己圖書股份有限公司
（台北公司）台北市106羅斯福路二段79號4樓之9
TEL:(02)23672044．23672047　FAX:(02)23635741
郵政劃撥：15060393
（台中公司）台中市407工業30路1號
TEL:(04)23595819　FAX:(04)23595493

國際書碼：ISBN 957-455-753-7 / CIP:861.6 / 93017424
Printed in Taiwan

閱讀是享樂的原貌，閱讀是隨時隨地可以展開的精神冒險。

因為你發現了這本書，所以你閱讀了。我們相信你，肯定有許多想法、感受！

讀 者 回 函

你可能是各種年齡、各種職業、各種學校、各種收入的代表，

這些社會身分雖然不重要，但是，我們希望在下一本書中也能找到你。

名字／＿＿＿＿＿＿　性別／□女 □男　出生／＿＿年＿＿月＿＿日

教育程度／＿＿＿＿＿＿＿＿＿＿＿

職業：□ 學生　　　□ 教師　　　□ 內勤職員　□ 家庭主婦

　　　□ SOHO族　　□ 企業主管　□ 服務業　　□ 製造業

　　　□ 醫藥護理　□ 軍警　　　□ 資訊業　　□ 銷售業務

　　　□ 其他　＿＿＿＿＿＿＿＿＿＿

E-mail/ ＿＿＿＿＿＿＿＿＿＿＿＿＿＿＿＿　電話/ ＿＿＿＿＿＿＿＿＿

聯絡地址：＿＿＿＿＿＿＿＿＿＿＿＿＿＿＿＿＿＿＿＿＿＿＿＿＿

你如何發現這本書的？　　　　　　書名：午後四時的啤酒

□書店閒逛時＿＿＿＿＿書店 □不小心翻到報紙廣告（哪一份報？）＿＿＿＿

□朋友的男朋友（女朋友）灑狗血推薦 □聽到DJ在介紹＿＿＿＿＿＿＿＿＿

□其他各種可能性，是編輯沒想到的 ＿＿＿＿＿＿＿＿＿＿＿＿＿＿＿

你或許常常愛上新的咖啡廣告、新的偶像明星、新的衣服、新的香水……

但是，你怎麼愛上一本新書的？

□我覺得還滿便宜的啦！ □我被內容感動 □我對本書作者的作品有蒐集癖

□我最喜歡有贈品的書 □老實講「貴出版社」的整體包裝還滿 High 的 □以上皆

非 □可能還有其他說法，請告訴我們你的說法

＿＿＿＿＿＿＿＿＿＿＿＿＿＿＿＿＿＿＿＿＿＿＿＿＿＿＿＿＿＿＿

你一定有不同凡響的閱讀嗜好，請告訴我們：

□ 哲學　　　□ 心理學　　□ 宗教　　　□ 自然生態　□ 流行趨勢　□ 醫療保健

□ 財經企管　□ 史地　　　□ 傳記　　　□ 文學　　　□ 散文　　　□ 原住民

□ 小說　　　□ 親子叢書　□ 休閒旅遊□ 其他 ＿＿＿＿＿＿＿＿＿＿＿＿

一切的對談，都希望能夠彼此了解，否則溝通便無意義。

當然，如果你不把意見寄回來，我們也沒「轍」！

但是，都已經這樣掏心掏肺了，你還在猶豫什麼呢？

請說出對本書的其他意見：

大田出版有限公司編輯部 感謝您！

大田出版有限公司　編輯部收

地址：台北市106羅斯福路二段79號4樓之9

電話：（02）23696315-6　　傳真：（02）23691275

E-mail：titan3@ms22.hinet.net

地址：

姓名：

TITAN
大田出版

智　慧　與　美　麗　的　許　諾　之　地